KB071237

하얀 목련

채종옥 장편소설

아픔이란 왜 내성이 생기지 않는 것일까
겪을 때마다 이리도 아픈 것일까
누군가를 위해서 깊은 속울음을
울어 보지 않았다면
그 사람은 사랑을 모른다고

청어 ^{도서출판}

작가의 말

"하늘에는 영광, 땅에는 평화"

제가 작가의 말을 쓰려고 많은 생각을 하다 성당에 가서 기도했습니다. 그때 제게 강렬한 느낌으로 떠오르는 말씀이었습니다.

주님께서 저를 통해 이 세상에 보내는 메시지라고 생각했습니다.

주여 임하소서

주여 임하소서 내 마음에
암흑에 헤매는 한 마리 양을
태양과 같으신 사랑의 빛으로
오소서 오 주여 찾아오소서

내 피요 살이요
생명이요
내 사랑 전체여 나의 예수여

당신의 사랑에 영원히 살리라
오 내주 천주여 받아주소서

내 나아 가리다
주 대전에
성혈로 씻으사 받아주소서

거룩한 몸이여 구원의 성체여
영원한 생명을 내게 주소서

영세 받을 때 편안하게 가슴에 와닿았던 좋아하는 성가를 적었
습니다.

2023년 봄에

채종옥

차례

Ⅰ. 하얀 목련

Ⅲ. 치유의 시간들

등장인물

김윤이 | 인간적인 매력을 지닌 마음이 따뜻하고 사랑스러운 윤이가 헤쳐나가는 세상은 어려움이 많지만 밝고 긍정적인 생각으로 꿋꿋하게 고난을 극복해나간다.

지난날 너 아니면 죽는다던 한상우와 결혼하고 뒷바라지에 고생도 많았지만, 아들딸 낳고 이상적인 가정을 꾸리며 단란하게 살아가던 그녀의 집에 파란이 일면서 사건이 전개된다.

한상우 | 시골에서 올라와 자수성가한 윤이의 남편. 그는 자신에게 과분한 이상형에다 회사에서 잘나가는 선배인 현수가 마음에 두고 있음을 알면서도 윤이에게 과감하게 다가가 사랑을 쟁취하나 순간의 실수로 그녀에게 돌이킬 수 없는 상처를 남긴다. 가정보다 일을 더 중하게 여기며 나름 성실하게 살아왔다고 자부하던 그가 하루아침에 가정이 무너지는 위기에 처한다.

이현애 | 한상우의 상간녀. 윤이에게 불륜 사실을 알리며 자신의 존재를 드러낸다. 부적을 쓰고 음란 사진을 보내는 등 저속한 짓이 갈수록 대담하게 한다. 윤이는 그녀로 인해 정신과 치료까지 받는다.

강현수 ｜ 부유한 집안에서 교육을 잘 받은 반듯한 청년. 매너 있고 멋진 스타일의 남성이자 윤이의 마음을 사로잡은 첫사랑. 회사에서 고위층의 두터운 신임을 받는 장래가 촉망되는 인물.

　　안해원 ｜ 인사과에 제출한 윤이 신분증을 상의 주머니에 넣고 다니다 동료들에게 발각돼 몰매 맞았다는 청년. 그는 뒤에 알고 보니 상우의 절친으로 말수도 없는 청년이었고 상우가 윤이를 사귀게 되자 나무꾼과 선녀라고 불러주었다.

　　임민영(명애 엄마) ｜ 윤이의 고등학교 친구. 등산도 같이 다니고 자주 만나 마음을 터놓는 절친이다. 민영이는 윤이가 현수와 맺어지기를 바라며 행복을 빌어주었다. 결혼 후 헤어져 서로 소식도 모르던 어느 날 명동성당에서 우연히 만난 두 사람은 소녀들처럼 깡충거리며 기쁨을 나눈다. 그러나 그 기쁨도 잠시 그녀는 건강에 급격한 문제가 생겼고 윤이의 도움으로 극적인 회생을 한다.

Ⅰ. 하얀 목련

잠실벌 종합 운동장 메인스타디움에서 금세기 최고의 테너 가수 루치아노 파바로티와 플라시도 도밍고, 호세 카레라스의 공연이 시작되었다. 9월의 밤은 맑고 서늘했다.

　　45,000여 관중석의 열광적인 분위기 속에서 화려한 막이 열렸다. 첫 번째 순서로 호세 카레라스가 '당신은 항상 내 마음에 있어'를 불렀다. 감미로웠다. 이어서 플라시도 도밍고가 매혹적이고 중후한 목소리로 '아모르 비다 데미 비다'를 불렀다. 마지막으로 밝은 음색이면서도 고음역에서 강력한 힘을 느끼게 하는 루치아노 파바로티가 완벽한 발성으로 '나를 잊지 말아 주오'를 불렀다. 우레와 같은 박수와 환호 소리가 대단했다. 역시 그 풍부한 성량은 파바로티의 진가를 느끼게 했다. 관중을 사로잡는 귀에 익숙한 곡들을 들으

며 모두가 이 자리에 있는 순간을 즐기고 있었다.

　귀빈석에는 김윤이와 그녀의 남편 한상우가 일찌감치 자리해 있었다. 상우는 윤이의 다친 마음을 어떻게든 낫게 해주어야 한다는 일념으로 그녀를 위해 모든 일정을 잡아놓았다. 그는 자신 때문에 웃음을 잃어버린 윤이가 다시 이전의 모습으로 돌아가기를 간절히 바라는 마음으로 어떠한 정성도 아끼지 않을 작정이었다.

　플라시도 도밍고의 '아무도 잠들지 못하리' 파바로티의 '별은 빛나건만' '그라나다' '공주는 잠 못 이루고' 등 깨끗한 발성으로 완벽하고 아름다운 소리가 이어졌다.

　윤이는 어둡고 답답했던 마음이 시원하게 트이는 것을 느꼈다. 근래 들어 우울증으로 그녀의 고운 눈매와 아름다운 모습이 생기를 잃어가고 있었다. 때 묻지 않은 순수함으로 소소한 일상에서도 모든 것을 아름답게 바라보며 긍정적으로 살아왔던 그녀가 후회하며 먼 그리움으로 내닫고 있다. 윤이는 주위를 둘러보았다. 어쩌면 그 사람도 이곳에 오지 않았을까 하는 막연한 생각이 들어서였다. 먼 기억 속의 그는 윤이에게 마음의 피난처였다. 이따금 스쳐 가는 바람에도 웃음을 선사하던… 어쩌면 아직도 그 자리에서 기다리고 있을 것만 같은 그는 윤이가 지탱할 수 있는 힘이었다.

카레라스, 도밍고, 파바로티가 '오 솔레미오' 그리고 베르디의 리골레토 중 '여자의 마음'을 차례로 불렀다.

어느새 마흔일곱이 된 윤이는 그 나이가 믿기지 않을 만큼 소녀적인 모습이었다. 평범한 일상에도 감사하며 긍정적인 생각으로 자신의 삶을 가꿔나가던 윤이가 인제 와서 한상우와 함께 살아온 날들을 부정적으로 생각하며 아프게 후회하고 있다. 애써 잊어보려고 해도 쉽게 잊히지 않는 그날의 악몽들은 윤이를 괴롭히고 있었다.

회오리

평화롭고 행복했던 윤이네 집에 커다란 회오리가 일었다. 겨울의 끝자락이던 2010년 2월 7일. 남편에게 숨겨놓은 여자가 있었다. 이 어인 광풍인가? 윤이는 너무 큰 충격을 받아 된서리를 맞은 낙엽처럼 건강이 급격히 나빠졌다.

사건의 전말은 이러하다. 남편이 퇴근하고 직원들과 노래방에 있다며 전화가 왔다.

"조금만 놀다가 바로 갈게."

그 뒤에 바로 전화가 또 왔는데 받으니 저편에서 말이 없었다. 윤이는 당연히 남편인 줄 알고 "사랑하는 마누라한테 빨리 오세요." 했는데 아무런 대답이 없었다.

의아했던 윤이는 '잘못 연결되었나?' 생각하며 전화를 끊었다. 그런데 끊자마자 다시 전화가 걸려왔다. 남편이 장난하는 줄 알고 "발이 안 보이게 뛰어오세요."라고 했는데 역시 아무 말이 없었다. 그 이후로도 이상한 전화는 계속해서 왔다. 윤이는 그제야 직감적으로 알아챘다. '아, 누군가 악의적인 전화를 하는구나.' 하고 더는 전화를 받지 않았다. 아무래도 느낌이 이상했다.

'혹시 남편에게 여자가 있나?'

그날 밤, 잠을 이루지 못하다 거실에서 남편의 핸드폰을 열어 보니 10월 25일과 12월 17일 두 번에 걸쳐 알지 못하는 여자로부터 "사랑해요. 언제나 해피데이, 안녕."이라는 문자가 와있었다. 직접 두 눈으로 보고도 믿을 수가 없었다. 수첩 한 귀퉁이에는 커플 반지도 적혀 있었다. 윤이는 자기 눈을 의심했다. '어떻게 이럴 수가 있나?' 분노와 실망으로 온몸이 떨렸다.

"당장 일어나!"

그녀는 안방으로 들어가서 자고 있던 남편을 발로 차며 깨웠다. 잠에서 덜 깬 남편이 놀라 무슨 일이냐며 제지하려 들었지만 윤이는 틈을 주지 않고 계속해서 소리쳤다.

"짐승만도 못한 인간. 이 더러운 놈! 어떻게 이럴 수가 있어?"

윤이는 침대 옆에 있는 책들을 집어서 상우에게 마구 던졌다. 남편은 뭔지도 모르는 상황에서 속수무책으로 당하고 있었다. 윤이는 수첩을 들고 소리쳤다.

"뭐 커플 반지? 너는 악마야!"

윤이는 이제 이성보다는 배신의 감정이 앞섰다. 상우에 대한 믿음이 컸던 만큼 배신감 또한 컸다. 나에게 어떻게 이럴 수가 있단 말인가. 그제서야 상황판단을 한 남편이 풀이 죽은 목소리로 말했다.

"그거 아무것도 아니야. 실수야. 내가 정말 죽을 죄를 지었어. 그 수첩에 적혀 있는 건 그쪽에서 하도 요구해서 그냥 적어놓기만 했던 거야. 어떻게 그걸 하고 다니겠어? 당신이 뭐라고 해도 할 말이 없지만, 그것만은 믿어줘."

아무런 저항도 하지 못하고 무릎을 꿇은 채 비참하게 고개를 숙이고 있는 남편의 이마에서 피가 흘렀다. 윤이가 마구 던진 책 모서리에 맞은 듯했다.

가난한 집에 시집와서 그 긴 세월 동안 아무리 힘들고 어려운 일이 있어도 남편에게 불평이나 힘든 내색 한번 안 했던 윤이었다. 상우는 다정했다. 퇴근해 집에 오면 윤이의 동선을 따라다니며 밖에서 있었던 이야기를 들려주는 사람이었다. 그래서 어느 날 친정어머니가 딸에게 이런 말을 한 적이 있었다.

"너희는 맨날 무슨 이야기가 그렇게 많니?"

딸 부부가 화장실까지 따라다니며 이야기를 나누고 있으니 신기했던 것 같았다. 그렇다고 상우가 늘 잘하는 것만도 아니었다. 때론 윤이에게 실망을 주기도 하는 남편이었지만 가정의 평화를 위해 내색하지 않다 보니 겉으론 평화롭고 다정한 부부였던 것이다.

얼마 전에는 퇴근한 남편이 술에 취해 비틀거리며 현관에 들어서다 앞에 서 있는 윤이를 보고 눈이 부신 듯한 표정으로 말했다.

"야아! 우리 마누라 정말 예쁘다."

남편이 술기운 때문인지 친구 부인인 모 탤런트보다 더 예쁘다는 말을 몇 번이나 강조했는데 그때 윤이는 잠시 이런 생각을 했다.

'밖에서 노는 여자가 신통치 않았나?'

사업하는 친구들과 어울리는 남편에게 쌓인 불신 때문이었다.

그렇게 막연하게 생각했던 것이 현실로 드러나니 그 충격이 너무 컸다. 혼란스러웠고 믿을 수가 없었다.

소중한 가족들이 사는 울타리를 누구보다 굳건하게 지켜 줘야 할 남편이 빗장을 풀어놓았다는 사실에 소름이 돋았다. 후회가 밀려왔다. 남편에게 실망스러운 일이 있어도 말없이 아이들만 열심히 키우며 살았던 자신이 이토록 바보 같고 우습게 느껴질 수가 없었다. 모든 것들이 부질없었다. 절망스러웠다.

몇 날 며칠을 고민하며 괴로워하던 윤이는 이혼을 결심했다. 상우가 그녀의 발밑에 무릎을 꿇고 애원하며 모든 일상의 초점을 맞추었지만, 윤이는 이제 세상의 그 어떤 것도 의미가 없어져 버렸고 모든 것이 아프고 슬프게만 보였다.

상우는 때늦은 후회를 하며 윤이의 아픔을 어떻게 감싸야 할지 전전긍긍했다. 죽고 싶을 만큼 괴로운 심정이라며 울면서 자책도 했다. 하지만 윤이는 남편에게 더 이상의 신뢰는 없을 것 같았고 영원히 지울 수 없는 깊은 상처로 마음이 허공에 떠 버렸다. 어디라도 기대지 않으면 그대로 쓰러질 것만 같았다.

윤이는 강한 오기를 띠웠고 입가에 미소를 머금었다. 마음을 가라앉히려고 심호흡을 한 번 하고 거실 한 옆에 있는 흔들의자에 쓰러지듯 몸을 실으며 눈을 감았다. 상우는 창백해진 윤이가 행여라도 어떻게 될까 봐 두려운 마음이 들어 황급히 물을 한 컵 받아왔다.

"이 물 좀 마시고 제발 내 말 한번 들어봐."

"소름 끼쳐! 가까이 오지 마! 이 마귀 덩어리, 이젠 다 끝났는데 무슨 말이 더 필요해?"

윤이는 남편의 정강이를 발로 걷어차며 밀어냈다. 상우가 자신의 머리를 벽에다 찧었다. 그러나 후회하기엔 이미 늦었다.

윤이가 말했다.

"나 시집갈 거야. 내 마지막 인생을 걸고 사랑할 수 있는 사람을 찾아서… 이제 후회 같은 건 안 할 거야. 훗날 스치는 인연이라도 있으면 내가 지금보다 얼마나 아름답고 귀한 여인이 되어 있는가를 볼 수 있었으면 해."

아이들과 남편 챙기느라 자신의 몫은 빼놓고 살아왔던 그간의 세월이 아프게 느껴졌다. 어쩌다 이렇게 됐는지는 모르지만, 지금까지 상우는 비록 가난해도 윤이에 대한 사랑이 남달랐기에, 일부러 마음에도 없는 시집간다는 말로 마음에 상처를 내려고 한 것이다.

"너는 내 자존심이다."

"군계일학이다."

"나 같은 사람하고 살기엔 너무 아까운 사람이야."

상우는 윤이가 죽으라면 죽는시늉이라도 해줄 만큼 그녀를 귀하게 생각하는 사람이었다. 상우에게 윤이의 존재는 늘 맑고 순수한 모습을 한 착한 배필이었다. 남편의 이런 말과 행동 때문에 사는 게 힘이 들어도, 가끔은 남편에게 의혹이 들어도 그냥저냥 넘어가며 불평 없이 살아왔던 세월이었다.

언젠가는 시장에 가는 윤이를 퇴근길에 우연히 마주친 남편이 사람도 별로 없는 큰길에서 다가와 귓속말을 했다. 그녀는 남편의 표정이 하도 진지해서 무슨 일인가 걱정하며 귀를 쫑긋 세웠다.

"내가 저쪽에서 걸어오는데, 옷매며 걸음걸이까지 너무 아름답고 귀해 보이는 여인이 저 멀리서 오고 있었어. 그래서 내가 '저런 여인하고 사는 사람은 도대체 어떤 놈일까? 참 복도 많다.'고 생각하며 오고 있었어. 그런데 그 사람이 가까이 와서 보니 바로 우리 마누라였던 거야!"

잔뜩 긴장해 있던 윤이가 그 말을 듣고는 눈을 크게 뜨며 말했다.

"뭐야, 나를 못 알아봤다구?"

윤이가 눈을 흘기니 상우가 마주 보고 큰소리로 웃었다. 윤이는 이런 남편의 엉뚱함에 당황했지만, 사실 꾸밈없는 자신을 이렇게 표현해 주는 남편이 싫지만은 않았다. 얼마 전에 시누이가 준 흰색 블라우스에 시장에서 산 얌전한 크림색 스커트를 입고 나온 것을 못 알아본 남편의 해프닝이었다. 어쨌든 이런 남편에게 큰 불만 없이 늘 감사한 마음으로 착하고 유순하게 살아온 윤이었다.

한 번은 이런 일도 있었다.

어느 날 남편이 일찍 집에 들어왔는데 무슨 좋은 일이 있는 듯 표정이 무척 밝았다. 그가 연신 웃으며 윤이에게 다가와 말했다.

"오늘 우리 사무실에 당신을 그대로 닮은 여대생이 아르바이트 나왔어. 아무리 봐도 생긴 모습이나 말하고 행동하는 것이 신기할 정도로 닮았더라구. 어쩌면 그렇게 똑같은지 모르겠어. 그래서 내가 그 아르바이트생한테 명문대학을 나와 일류 회사를 다니는 우리 아들을 소개해주겠다고 했어. 우리 아들은 꼭 당신 같은 사람을 만나야 해."

　남편은 상기된 표정으로 사뭇 들떠 있었고, 거실에서 기다리다 직장에서 늦게 돌아온 아들의 손을 붙잡고 단단히 일러두고 있었다.

　"준아! 우리 사무실에 네 엄마랑 똑 닮은 여대생이 아르바이트 나왔는데 한번 만나 봐라. 분위기나 외모, 여린듯하면서도 강한 모습들이 꼭 네 엄마와 같다. 아빠가 세상을 살아봐서 아는데 너는 엄마 같은 사람을 만나야 한다. 절대로 놓치지 말고 꼭 만나봐라."

　상우는 아들이 행여 그 여대생을 놓칠까 봐 조바심하며 용돈까지 쥐어주고 만나게 했던 사람이었다. 그 광경을 지켜보며 윤이는 세상을 다 가진 것처럼 행복했었다.

　그 일이 아직도 이렇게 생생한데…

　그런데 이런 남편에게 꿈에도 상상 못했던 숨겨진 여자가 있었다니 참으로 믿을 수 없는 일이었다.

　'모르긴 해도 남편은 내가 훌쩍 어디론가 떠나버리면 커다란 상실감으로 병이 들던가 죽고 말 거야.'

　언뜻 이런 생각이 들었으나 윤이는 고개를 저었다.

독버섯

    문제의 그 여자를 만났다. 카페에 들어서니 주변에는 사람이 별로 없고, 한쪽 구석 뒤편에 앉아 있는 여자가 눈에 들어왔다. 윤이는 심호흡을 하고 애써 침착하게 행동하면서 자신을 주시하는 그 여자 맞은편에 가서 앉았다. 그동안의 충격으로 얼굴이 많이 상했지만, 단아하고 기품 있는 그녀의 모습은 여느 때와 같았다.

    '이 여자였구나!'

    그간의 착잡하던 감정이 복잡하게 얽히는 순간이었다. 작은 키에 왼쪽 턱이 밑으로 처진 여자의 모습을 보면서 그녀가 살아온 날들이 한눈에 보이는 것 같았다. 심술보를 달고 있다고 생각했다. 통통하게 살이 올라 번질번질하기까지 한 여자의 얼굴이 불결하게 느껴졌다.

    윤이는 그동안 빠듯한 살림살이에 허덕이며 남편과 아이들 뒷바라지하기에 여념이 없어 외식 한 번 제대로 못 하고 힘들게만 살아온 자신의 모습이 너무도 서글프게 느껴졌다. 여자에게 나이와 이름을 물어보았다. 49살이고, '이현애'라고 했다. 이 여자가 그동안 그렇게도 미심쩍었던 일들을 아무 거리낌 없이 해댔던 바로 그 여자였나 생각하니 참으로 기가 막혔다. 남편이나 이 여자나 똑같은 흉물로 보였다. 한밤중에 집으로 전화해서 윤이가 받으면 번번이 끊어

버렸고, 남편 생일에 작심한 듯 대형 화분의 짙은 다홍색 호접란에 '이현애'라고 당당히 써서 보냈던 그 의문의 여자였다. 그때는 좀 의 아했지만 아는 거래처에서 보냈나 보다 하고 넘어갔었다.

출근 준비로 바쁜 아침 시간에 여자가 집으로 거침없이 전화해 서 남편이 혼비백산했는지, 위아래 짝도 맞지 않는 양복을 입고 나 갔다가 다시 돌아온 일들이 떠올랐다. 그때마다 무언가 이상하다는 느낌을 받았지만, 남편의 변명을 믿으며 부정적인 생각하지 않으려 고 했었다. 행여라도 이런 일로 충격받으면 자신이 죽을 것만 같아 서였다. 참으로 많은 의문을 남기며 고통을 주었던 바로 그 여자에 게 말했다.

"왜 이렇게 사세요? 잘못된 삶이라고 생각하지 않으세요? 한세 상 정성을 다해서 살아도 후회가 남는 게 인생인데 이렇게 막살아 도 되나요? 그동안 나한테 못 할 짓 참 많이 했죠? 지금까지 몇 사 람이나 상대했어요? 나이가 50살이 가까워오면 그 얼굴에 책임을 져야 한다는 말 알지요? 잘못 살아서 얼굴이 그렇게 된 거예요. 한 쪽 턱이 심술처럼 늘어진 거 말이에요."

여자가 묘한 웃음을 지으며 윤이를 쏘아보더니 핸드백에서 돋보 기를 꺼내 코에 걸치고 수첩을 들여다보았다. 그러더니 불쑥 이런 말을 했다.

"사모님, 그 스카프 참 잘 어울리네요. 지난번에 제가 사서 보낸 건데…"

그간의 죄책감은커녕 최소한의 기본도 없어 보이는 여자의 능글거리는 눈빛은 윤이를 조롱하듯 비웃고 있었다. 참으로 뻔뻔스럽고 형편없는 여자였다. 현기증이 났다. 윤이가 벌떡 일어나서 혐오스러운 여자의 얼굴에 물컵을 들어 확 끼얹었다. 여자가 물을 얼굴에 맞고 "흐읍" 소리를 한번 내더니 이내 아무렇지 않은 듯 수건으로 툭툭 털어내며 이죽거렸다.

"사모님, 왜 이러세요? 여기 보는 눈이 많아요."

여자는 빙글거리며 웃고 있었다. 동정의 여지도 없는 여자였다. 윤이는 여자를 쏘아보며 또렷한 목소리로 말했다.

"너 그 추한 얼굴로 이 나이가 되도록 얼마나 많은 사람 상대했니? 이렇게 형편없는 밑바닥 인간이니 널 상대한 남자들에게 매번 버림받았겠지. 세상 똑바로 살아. 너 너무 더럽고 추하다."

그간에 농락당했던 일들이 분해서 여자에게 풍기는 느낌 그대로 몰아쳤다. 피식 웃다 얼굴이 일그러지며 무어라 웅얼거리는 여자를 보면서 구토를 느꼈다. 이런 여자를 상대한 남편은 더 한심했다. 가정이라는 성역을 남편이 보호하지는 못할망정 안방까지 빗장 풀어놓고 이런 허접스러운 마귀들이 침범하도록 방관했던 것을 생각하면 참을 수 없는 분노가 치밀었다. 차라리 상우가 만났던 여자가 자신보다 훨씬 예쁜 여자라면… 하는 일말의 기대치도 무너져내렸다. 내가 뭐가 부족해서 이런 여자를 마주하고 있어야 한단 말인가.

'못생긴 게 바람까지….'

윤이는 현기증을 느끼며 휘청거렸다.

'내가 왜 이런 천박하고 가치도 없는 여자를 상대하고 앉아 있어야 하는지…' 말할 수 없이 자존심이 상하고 역겨워 자리에서 벌떡 일어났다. 그리고 여자에게 마지막으로 한마디를 던졌다.

"남편하고 천생연분이에요."

윤이는 이 한마디를 남기고 밖으로 나왔다. 더럽고 음란한 마귀들… 그 흉한 몰골이 남편이나 여자나 똑같다는 생각에서였다.

카페를 나선 윤이는 무작정 걷기 시작했다.

가슴이 답답하고 표현할 수 없는 슬픔에 목적지도 없이 걸으며 눈물을 쏟았다. 빨간불의 신호등도, 달려오는 차들도 눈에 들어오지 않았다. 윤이는 삶의 모든 소망이 끊어진 것 같았다. 불을 사르듯 가슴이 죄이는 북받침에 하염없이 울었다. 주체할 수 없이 흐르는 눈물 속에 지나간 날들이 주마등처럼 떠올랐다.

지난봄에 남편 전화를 받고 윤이가 마중 나가서 기다리고 있을 때였다. 약속 시간에 겨우 맞춰서 돌아온 남편이 구겨진 코트에 단추가 몇 개나 뜯어진 것을 보여주며 많이 언짢아했다.

"나를 못 가게 붙잡는 바람에 이렇게 됐어. 우리 성당에 가자."

윤이는 그때 남편에게 누가 그랬냐고 물어보지도 않았고 그 말을 그냥 흘려버렸다. 지난날 남편이 실망을 많이 줘서 성당에 안 가다 보니 그렇게 됐는데, 만약 그날 남편을 따라 성당에 갔다면 그는

주님 앞에서 참회하며 스스로 여자를 정리하지 않았을까 하는 생각
도 들었다. 암튼 남편의 인격과 자신을 향한 사랑을 믿었기에 남편
에게 의심의 눈길을 주지도 않았고 그저 단순히 짓궂은 친구들의
소행이라고 그때는 믿었다. 그러나 지금 생각해 보니 자신이 그렇게
서글플 수가 없었다.

　　남편 주변에는 사업하는 친구들이 많았는데, 그 친구들과 종종
어울리면서 귀가 시간이 늦어지기 시작했다. 무언가 석연치 않은 데
가 있어 보여 남편과 방을 따로 쓰며 아예 잔소리하는 일도 없이 무
관심으로 일관했던 적이 있었다.
　　남편은 그런 윤이가 지나치다 싶었는지 그녀의 방으로 들어갔다
가 번번이 쫓겨나곤 했다.

　　그러던 어느 날, 새벽 2시에 잠에서 깼는데 남편이 현관에 들어
서는 소리가 났다. 아마 초겨울이었던가? 윤이는 목욕탕으로 들어
가 남편에게 물을 한 바가지 퍼서 확 끼얹어주고는 그대로 들어가
버렸다. 그 무렵 상우의 모습은 윤이의 눈에 비참하게만 보였다. 남
편이 퇴근 후 어디서 무얼 하는지, 누굴 만나는지조차 물어본 적이
없었다. 그러면서도 말없이 보약과 생즙을 챙겨주고, 아침 식사는
빠짐없이 차려주었다. 부부로서 도리는 해야 했다.
　　남편에게서 인생의 무상함이 느껴졌다. 향락으로 육신이 썩어가

고 있을 것만 같았다. 윤이는 모든 것에 마음을 비우고 아이들에게 집중하기로 했다. 엄마의 역할에 충실했고, 성당에서 레지오를 하며 여러 가지 봉사활동을 했다. 결혼 후 냉담하던 시기도 있었지만 이때가 주님께 가장 많은 의지를 하던 때였다. 그 밖에도 수영, 에어로빅, 팝송 배우기 등의 취미생활을 살림살이와 병행하며 바쁜 일상을 보냈다. 그러다 점차 상우의 귀가 시간이 빨라지기 시작했다. 조금씩 변화를 보이는 남편에게 윤이도 마음을 열어갔다. 상우는 퇴근 후 집에 돌아올 때 한 번도 거르지 않고 전화해서 마중을 나오라고 했다. 지금 와서 생각해보니 그런 남편의 이중성이 너무 뻔뻔스럽게 느껴졌다. 여자를 만나고 죄책감 때문에 그랬던 것일까.

'그래, 이 사람은 아니었어. 이제 더는 후회하면 안 돼. 나를 찾자.'

윤이는 여자를 만났던 그날 저녁에 남편에게 말했다.

"팔자가 사나운 사람들끼리 남은 인생 한번 잘살아 봐. 나는 당신 같은 사람한테는 너무 과분하고 아까운 사람이었어. 우리의 인연은 여기서 끝이야. 분수를 몰랐으니 당연한 거잖아. 하지만 이거 한 가지는 분명히 알았으면 해. 나는 아무리 내 남편이 초라하게 보여도 그 누구하고도 비교해 본 적 없었어. 어딜 가든 오히려 당당하게 보이게 해주려 챙겨주었고 후광이 돼 주었다고 생각해. 하! 이제 이런 말이 무슨 필요가 있다고."

고개를 든 윤이는 이어서 말했다.

"나 보란 듯이 잘 살게. 내가 정말로 사랑할 수 있는 사람을 찾아서 더는 후회하지 않게 정성을 다해 살아갈 거야."

독백처럼 말했다. 상우는 벌떡 일어나 장식장 앞으로 가더니 독한 양주를 병 채로 마구 들이켰다. 방안은 연신 피워대는 담배 연기로 자욱했고, 술은 또 얼마나 마셔댔는지 취해서 그대로 바닥에 드러누워 버렸다. 잠시 그렇게 있던 남편은 혀가 꼬부라져서 제대로 돌아가지도 않는 소리로 말했다.

"너를 잃고 나는 살아갈 수가 없어. 네가 떠나면 나는 죽는다. 어떻게 해야 날 용서할 수 있겠니?"

겨우 알아들을 수 있을 정도였다. 한숨을 쉬는 남편의 꼴이 말이 아니게 망가져 가고 있었다.

윤이가 말했다.

"내가 지구 뒤쪽으로 가더라도 더는 널 보지 않게 되기를 바랄 뿐이야. 나는 정말로 내 마지막 인생을 걸고 멋진 사랑을 할 거야."

상우가 비틀거리며 다시 일어나더니 술이 확 깬 사람처럼 말했다.

"너는 다른 사람한테 가서도 분명히 사랑받을 수 있어. 행복하게 잘 살 거야."

그러면서 갑자기 마시던 술병으로 찻상을 내리쳤다. 술병이 깨지고 찻상도 어딘가 부서지는 소리가 났다. 윤이는 몸이 한껏 움츠러들었다.

"너 다른 데로 가면 내가 가만 안 둬. 죽여 버릴 거야. 그년도 죽여 버리고 말 거야. 나는 가정이 파괴됐어."

무서운 짐승처럼 포효했다. 윤이는 귀를 막았다.

'세월이 얼마나 흘러야 이 아픔이 다 스러질까?'

말없이 내면의 세계를 다지며 살아온 지난 세월이 서글프기만
했다. 윤이는 모든 것이 두려워졌다. 온 세상이 빛을 잃은 것처럼 깜
깜해졌고, 방향 감각도 잃어버렸다. 윤이는 상우와 함께 살아온 날
들이 참으로 힘들게 느껴졌다. 한 번도 불평하지 않았던 지난날들
도 그랬고, 그동안 행복하다고 믿었던 날들까지도 모두 부정적으로
보였다. 마치 넓은 들판에 혼자 서있는 것처럼 외로웠다. 삶의 굴곡
에서도 모든 것을 희망으로 채워나갔던 윤이가 이제 어두운 절망의
터널을 빠져나가지 못하고 있었다.

'체념의 미학' 그것은 절제된 슬픔이었다. 단세포처럼 살자며 마
음속에서 모든 것을 접어 버렸는데 나는 왜 인제 와서 이렇게 후회
하고 있는 걸까.

크리스털 화병에 튼실하게 뿌리를 내리고 넘실넘실 푸르게 잘
자라주던 스킨이 하루아침에 된서리를 맞은 듯 누런 잎으로 변하
는가 싶더니 하나둘 다 스러지고 말았다. 마치 두 사람의 앞날을
예고라도 하는 듯했다. 언제나 새잎이 다투어 나와 예쁘게 잘 자라
주었는데…

차를 몰고 집을 나섰다. 라디오에서 김범수의 '약속'이 흘러나 왔다.

'그토록 사랑했던 너를 보낸 건 약속을 할 수 없는 너의 현실 때 문인 걸~ 나에게 사랑은 너 하나뿐인데 나는 상처로 너는 눈물로 생을 살아갈 테니~ 돌아온다는 너의 약속~ 그것만으로 살 수 있어 가슴 깊이 묻어둔 사랑 그 이름만으로~'

윤이는 흐르는 눈물을 닦을 생각도 않은 채 앞만 바라보고 운전 했다. 가슴이 답답했다. 도저히 안 될 것 같아 차를 길옆에 세웠다. 자동차 전면 유리에 쏟아지는 비가 오가는 사람들의 시선을 가려주 었다. 와이퍼도 돌리지 않았다.

이렇게 많은 세월이 흘렀는데…

어디선가 아직도 윤이를 기다리며 서 있을 것만 같은 그 사람 이… 그 아름답던 계절이 머릿속에 영상이 되어 돌아갔다. 그를 생 각하면 저절로 웃음이 터졌던 시절. 지난날의 그는 여전히 신선하고 유쾌한 사람이었다. 10년 전 윤이가 남편 때문에 힘들어할 때, 남편 이 알려준 전화번호로 그에게 용기를 내서 전화한 적이 있었다. 세 월 저편의 목소리는 여전했다. 윤이가 내 사인을 기억하냐고 물으니 그가 당연하다고 했다. 윤이는 예전에 그가 만들어 주었던 사인을 팩스로 넣어 달라고 해서 코팅해 책갈피에 꽂아 놓았다.

'그도 나처럼 그 기억의 언저리에서 맴돌고 있었을까?'

윤이는 지금까지 먼 길을 달려 줄곧 한 곳만 보면서 온 것 같았다. 어쩌면 아직도 그 자리에서 그녀를 기다리고 있을 것만 같은 그 사람이 윤이 마음속에서 알게 모르게 든든한 버팀목이 되어 지탱하는 힘이 되어주고 있었다.

독백

그대여, 일어나라!

그대는 매력 있고 신비로운 많은 것을 내포하고 있는 여인이다.

그대는 세상의 온갖 때 하나 묻지 않고 청초하게 그대 자신의 향기를 지니며 살아온 귀한 존재다.

그대여, 짐을 벗어라!

세상에 온갖 더러운 것 보지 말고 더 높이 나는 새가 되어라.

오늘이 지나고 나면 내일은 더 밝은 태양이 뜬다.

사랑스러운 그대여, 눈을 떠라!

이 세상의 부질없는 것에 슬퍼하지 말고 그대의 귀한 눈물을 닦아라.

그대여, 일어나라!

무한대의 저 넓은 세상을 향해 탁 트인 마음으로 힘차게 달려나가라.

지금부터는 그대를 위해 살아가라.

그대를 둘러싸고 있는 저 천사들이 보이지 않는가?

그대는 지성과 야성과 신비의 여인이다.

사랑스러운 그대여!

이 세상에서 가장 가치 있는 일에 정열을 쏟아라.

한낱 부질없는 악의 존재들을 생각하기엔 그대의 맑은 지성이 너무 큰 상처를 받는다.

내 귀한 그대여,

언제까지나 주님의 축복이 있으라!

지치고 힘든 삶의 여정에서도 꿈과 희망이 있었기에 어둡지 않았던 그녀가 어느 날 불어닥친 광풍에 허무하게 무너져 내리는 자신을 일으키기 위해 쓴 글이었다.

멈춰버린 시간들

　생활 속의 일부였던 음악도, 즐겨듣던 라디오 고정 프로그램도, 아니 시간까지도 모두 멈춰버렸다. 신문도 그대로 쌓여만 가고 있었다. 상우는 창백해진 윤이의 모습을 보면서 마음이 검게 타들어 갔다. 웃음을 잃어버리고 야위어만 가는 모습을 그저 지켜보고 있을 수밖에 없었던 상우가 갑자기 강현수에게 전화를 한번 해보라고 했다. 강현수는 그녀를 사랑했던 사람이었다.

　"당신은 나 같은 사람을 만나지 않았더라면 지금보다 훨씬 더 행복하게 잘 살 수 있었을 거야."

　그를 염두에 두고 한 말인 것 같았다. 담배를 피워 무는 남편의 눈가에 눈물이 도는가 했는데 돌아서서 울고 있었다. 깊은 회한의 눈물이었다.

　오로지 한 사람의 아내로 이 세상 어느 것에도 물들지 않고 앞만 보며 바르고 착하게 정성을 다해 살아온 윤이는 이제 자기 자신마저도 싫어졌다. 모든 것을 포기하고 저 편한 세상으로 가고만 싶었다. 윤이는 상우에게 말했다.

　"내가 죽으면 화장해 주세요. 그리고 마지막으로 그 사람 품에 안겨 저 남태평양 바다 한가운데에 한 줌의 재로 뿌려졌으면 해요.

그러면 혼이라도 위로받을 수 있겠지요. 해마다 기일에는 슬프게 살다간 나를 위해 꽃이나 바다에 던져주었으면 해요."

방안에 어둠이 내려앉았다. 윤이 옆에 따라 누운 남편이 손등으로 얼굴을 가리고 있는데, 귓가에 눈물이 흘러내리고 있었다. 윤이가 자신을 위해서는 이제 울지 말라며 눈물을 닦아주니, 더욱 슬프게 흐느끼며 울었다. 윤이 역시 울지 않으려 했으나 눈물은 하염없이 또 그렇게 흘렀다. 남편은 그렇게도 용서하기가 힘이 드냐면서 한 번만 더 기회를 달라고 했다. 눈물로 범벅이 되고 초췌해진 남편의 얼굴을 보면 마음이 흔들렸지만, 그 여자의 흔적을 지워내기가 힘이 들어서 남편을 밀어냈다.

"이 세상에 어떤 사람도 나만큼 당신을 사랑하는 사람은 없을 거야. 여보! 제발 지난 일은 이제 뒤도 돌아보지 말고 지금부터 내가 당신한테 얼마나 잘하는지 그것만 봐."

남편이 애절한 눈빛으로 매달리며 애원했다.

상우는 윤이를 위해 주말이면 여행을 떠났고, 영화를 보러 다녔으며 근사하고 비싼 음식점으로 데려가서 원하는 것이면 다 해주려고 했다. 날마다 새로운 이벤트를 마련하려고 애쓰는 남편이었지만, 아무리 보아도 그런 남편이 낯설게 느껴졌고 서먹하기만 했다.

끝없는 방황

상우는 윤이를 끌어안고 흐느꼈다.

"내가 어쩌다 너를 이렇게 만들었니? 내가 죽일 놈이다."라며 한숨을 쉬었다. 윤이는 남편에게 적당히 때 묻은 사람하고 살아야 한다며 밀어냈다. 그리고 다음 생에서는 그 여자와 맺어지기를 진심으로 바란다고 했다.

"나는 당신이 날 허락한다면 다음 생에도 당신과 함께 할 거야."

어두운 표정으로 말하는 남편은 풀이 죽어 보였다.

마음이 여리고 감정이 풍부했던 윤이는 쉽게 지워지지 않는 상처로 무엇을 보아도 모두 다 슬프게만 보였다. 이혼만 하면 이 모든 기억하고 싶지 않은 것들로부터 헤어날 수 있을 것만 같았다. 상우는 끊임없이 이혼을 요구하는 윤이를 그때마다 달래주고 다독이며 말할 수 없는 괴로움을 혼자 삭여냈다.

윤이가 시도 때도 없이 사무실로 전화를 해대는 것도 참으로 인내가 놀라울 만큼 다 받아주면서 그저 윤이의 마음이 전처럼 돌아오기만을 간절히 바랐다. 때로는 창밖을 바라보며 넋이 나간 듯 서 있는 그의 뒷모습에 외로움과 비애가 묻어났다.

　회의 중일 때는 핸드폰을 열어놓고 그 소리를 듣게 했다. 상사에게 보고를 해야 하는 곤란할 때도 많았는데 그럴 때는 식은땀이 등줄기를 타고 흘렀다고도 했다. 상우의 그런 말을 들으며 윤이는 자신이 남편에게 그렇게까지 가치가 있었나 하는 생각이 들었다.

　남편은 주말이면 새벽에 일어나서 아이들이 먹을 김밥도 쌌다. 그리고는 윤이를 데리고 관악산 정상을 올랐고, 안양수영장에 가서 윤이가 좋아하는 수영을 따라 배우기도 했다. 밀린 빨래와 집 청소도 했다. 남편의 얼굴이 전 같지 않게 많이 야위어 보였다. 하지만 윤이는 수시로 변하는 날씨처럼 남편에게 온갖 짜증과 불신으로 감당하기 힘들 만큼의 상처를 주었다. 그때마다 남편은 윤이를 달래며 어쩌면 그녀보다 몇 배나 더 힘든 생활을 하는 것 같았다.

　그러던 어느 날 저녁, 상우가 갑자기 몸이 아프다고 했다. 윤이는 그동안 온갖 짜증을 다 받아주었던 남편이 막상 아프다고 하니 슬그머니 겁이 났다. 많이 아프면 어쩌나 걱정이 되었다. 그래서 지압도 해주고 약도 챙겨주며 아프지 말라는 말까지 해주었다. 그러자 갑자기 상우의 얼굴이 밝아지더니 윤이를 보고 그전처럼 자기를 보살펴줘서 너무 좋다고 말했다. 그 모습은 윤이의 마음을 아프게 했다. 상우가 또 말했다.

"전에는 당신이 이렇게 잘해주는 것이 좋아서 일부러 아프다고 했던 적도 있었어."

윤이는 남편을 가만히 안아주었다.

윤이는 견디기 힘들 만큼 우울증이 심해져서 어디로든 떠나고 싶었다. 그러나 막상 이 모든 인연의 끈을 놓고 떠나기도 쉽지 않았다. 윤이는 마음을 잡지 못해서 잠시나마 유럽으로 여행을 떠나 혼자 있는 시간을 가지려고도 해봤다. 어쩌면 오빠가 사는 LA로 가서 영원히 돌아오지 않을지도 모른다는 생각을 하며 죄 없는 아이들에게까지 아픔을 주어야 하는 현실이 원망스럽기만 했다.

상우는 그런 윤이를 절대로 혼자서는 보낼 수 없다며 그녀가 길 떠나는 것을 막고 있었다. 그리고 윤이에게 잠시도 집에 있으면 안 된다며 영어, 일어, 수영, 에어로빅을 모두 다 끊어서 다니라고 했다. 평소 윤이가 헤드폰을 끼고 어학 공부를 즐겨 했었기에, 그녀가 잠시도 다른 생각을 하지 않도록 하려는 나름의 생각에서였다.

윤이는 그동안 건강이 많이 나빠져서 에어로빅을 선택했다. 모처럼 나가보는 학원에서 반가운 사람들을 많이 만났지만, 그 사람들을 피하고 싶었다. 사방으로 붙어 있는 전면 거울에 비친 자신의 모습을 보고 눈물이 핑 돌았다. 밝고 고왔던 자신의 모습은 어디로 갔는지 슬프고 야윈 모습을 하고 있었다. 신나는 음악과 율동에도 윤이는 울고 있었다. 지난날의 그가 떠올랐다.

마지막으로 정리운동을 하는 시간이었다. 앉아서 다리를 양쪽으로 벌리고 상체를 앞으로 뻗어 바닥에 닿는 동작을 하는데 그때 나온 음악이 '아베마리아'였다. 상당히 맑고 깨끗한 목소리가 고음으로 흘러나왔는데 마치 윤이를 위해 틀어준 것 같았다. 마음이 젖어들었다. 눈물이 흘러내려 도저히 그대로 있을 수가 없어서 그녀는 수업 도중 밖으로 뛰쳐나왔다.

10여 년의 세월이 또 그렇게 흘렀는데, 이번에도 상우가 알려준 전화번호로 그에게 전화를 했다. 윤이는 옛날에 그 편안했던 느낌으로 말하려고 했지만, 세월의 벽이 느껴졌다. 세월이 흘러서 어디쯤 왔을까? 예상치 못했던 윤이의 전화에 그의 들뜬 음성은 한꺼번에 많은 말을 쏟아내고 있었다. 그는 지금도 잊지 않고 윤이의 시시콜콜한 것까지 다 기억하고 있었다. 아름다운 기억 속에 맑고도 슬픈 그의 뒷모습이 아련히 떠올랐다.

그는 너무 많은 한숨을 쉬었다. 그리고 왜 진작에 붙잡지 않았느냐고 했다. 윤이는 마음속으로 말하고 있었다. 당신이 떠난 후로 너무 많이 후회했노라고…

'가슴 깊이 묻어둔 사랑 그 이름만으로'

김범수의 '약속'을 들으면 그의 한숨이 묻어나는 것 같아 많이 울었다. 스치는 바람처럼 먼 기억 속에 있던 그였는데, 어느 날 휘몰아친 광풍이 안타깝고 그리운 그 기억의 언저리에 데려다 놓았다.

어느 날, 윤이가 TV를 보고 있는데 빙상에서 페어스케이팅이 화려하게 펼쳐졌다. 남녀 한 쌍이 음악에 맞춰 미끄러지듯 아름답게 연기하는 것이 보기 좋았다. 상대를 편안하게 받쳐주며 리드하는 남자 선수가 돋보였고 여자 선수도 고난도 기술을 깔끔하게 소화하며 우아한 동작으로 기량을 마음껏 펼치는 모습이 조화를 이루어 보는 내내 황홀했던 환상의 커플이었다. 여운이 남는 독일 선수들이었다.

그를 떠올렸다.

그와 함께였다면 나를 누구보다 훌륭하게 잘 받쳐줘서 세상이란 무대에 더없이 아름답게 멋진 모습으로 돋보이는 삶을 연출했을 것만 같았다. 어쩌다 빗겨 가버린 그와의 인연은 윤이에게 너무 많은 한숨을 남겼다.

회상

어느 화창한 봄날에 회사로 날아온 두툼한 편지를 그가 윤이 앞에 불쑥 내밀었다. 이름을 보니 한상우였고, 겉봉은 이미 뜯겨진 흔적이 있었다. 안 봐도 그의 짓이라고 생각하니 풋 하고 웃음이 배어나왔다. 상우의 열렬한 편지는 만리장성이었다. 별생각 없이 보고 있는데 그가 "산사에서 보이는 것은 나무와 바위뿐 책상 앞에 윤이씨 사진을 붙여놓고 싶습니다."라며 편지 내용을 줄줄 외고 다녔다. 윤이는 그가 하는 짓이 우스워 웃음을 터트렸다. 그는 분명 괴로워하고 있었다. 표정이 어둡던 그가 윤이의 속마음을 알아보려고 친구를 보내서 이야기를 나눴는데, 그 친구가 중간역할을 어떻게 했는지 갑자기 그가 해외발령을 받아 떠나버렸다. 그토록 윤이를 사랑하면서도 용기를 내지 못했던 그가 막상 떠나고 나니 그 자리가 너무 커서 한동안 슬픔에서 헤어나지 못했던 바보 같은 사랑이었다.

그 후로부터 1년이 지났을 때 그녀는 "너 없으면 죽는다." "결혼해야 합격할 수 있다."며 매달리는 가난한 고시생 한상우에게 시집을 갔다. 그때는 정말 이 사람이 죽을지도 모른다는 생각을 했고, 사법고시 1차에 합격했다는 것과 회사에서 인정받는 사람이고 생활력이 강하다는 친구들의 종합적인 이야기에 밥은 굶기지 않을 것 같아 내린 결정이었다. 성당에서 간소한 결혼식을 올리고 답십리에 숙녀화점을 오픈했다. 24살의 신부 윤이가 장사를 하고, 4살이 많은 남편은 고시공부에 매진하며 새로운 목표와 희망을 향해 힘찬 발걸음을 내딛었다.

가게를 새 단장하고 분위기 있는 불빛 아래 예쁜 구두를 하얀색 벽면에 계단식으로 진열해 놓으니 손님들이 백화점 같다며 좋아했다. 개업 첫날부터 가격을 낮춘 정찰제로 판매하니 싸다는 소문이 돌아 가게는 성황을 이루었다. 가게 주인의 맑고 순수한 모습은 사람을 끄는 친화력이 있어 손님들이 오가다 들러 커피를 마시고 놀다 가곤 했다. 차츰 단골도 많이 생기고 한결같이 찾아주는 손님들 덕분에 장사가 생각보다 잘되는 편이었다. 추석이나 설날 같은 명절에는 손님들이 발 디딜 틈이 없을 정도로 몰려들어 감당이 안 됐던 적도 있었다. 주변에서 이 난리가 나는 것을 보고 놀라며 한마디씩 하는 것을 맞은편에서 옷장사하는 아저씨가 전해주었다.

"이 가게는 지금까지 사람들이 와서 석 달을 버티지 못하고 나가곤 했어요. 그런데 젊은 사람이 와서 이렇게 장사를 잘하니 주위에서 깜짝 놀라고 있어요."

윤이는 그 말에 웃기만 했다. 사실 월말에 계산해보면 비싼 가겟세와 남편 뒷바라지에 들어가는 돈이며 생계유지에 필요한 지출이 많아 남는 것도 별로 없고 현상유지에 그쳤기 때문이다.

하지만 그녀는 그것도 감사했다.

남편이 어느 날 저녁에 와서 해원 씨 이야기를 했다.

"지난번에 해원이가 우리 가게 찾는다고 청량리에 있는 숙녀화점을 다 가 봤는데 못 찾고 돌아갔다더라."

"어머, 청량리에서 찾았다고요?"

"가게가 어디냐고 묻길래 내가 청량리라고 했거든. 짜식 말이나 하고 오지."

"아유 어쩜 둘 다 그렇게 똑같아요?"

어릴 때부터 한동네에서 자란 이들은 세월이 흘러도 여전히 변함없는 우정으로 서로에게 없어서는 안 될 좋은 친구들이었다. 훗날 뒤돌아보니 안해원 씨는 상우에게 고향마을의 느티나무 같은 친구였다.

장사를 한 지도 그럭저럭 반년은 지난 어느 날, 저녁 해가 넘어갈 무렵이었다. 고등학생으로 보이는 키가 훌쩍 큰 남자애들 세 명이 가게 안으로 들어와 구두를 이것저것 둘러보고 가격을 묻더니 굽이 낮은 여학생 구두를 하나 골라 포장해 달라고 했다. 남자애들이 덩치만 컸지 얼굴은 앳돼 보였다.

"여자 친구한테 선물하는 거예요?"

"네, 마음에 들었으면 좋겠어요."

그중의 한 명이 머리를 긁적이며 말했다.

"근데 아줌마, 저희하고 저쪽 골목까지 같이 좀 가주실래요? 거기서 엄마한테 돈을 받아야 돼요."

윤이는 녀석들 하는 짓이 어설프고 수상쩍어 안 되겠다 싶어 말했다.

"너희들 태권도 할 줄 아니? 이리 와. 내가 가르쳐 줄게."

윤이가 가게 한가운데 서서 자세를 잡으니, 녀석들이 위기를 느끼고 뒷걸음으로 꽁무니를 빼며 벽에 붙더니 누가 먼저랄 것도 없이 동시에 후다닥 뛰쳐나갔다. 어린 녀석들이 한창 공부할 나이에 어쩌다 이리됐는지 참으로 걱정되고 한심해서 저녁나절이 우울했는데, 저녁 늦게 돌아온 상우가 와서 윤이의 마음을 다독여주었다.

그렇게 1년이 지나고 윤이 부부에게 축복처럼 찾아온 첫아들을 품에 안았을 때, 친정어머니가 이런 말씀을 하셨다.

"엄마가 되기는 쉬워도 좋은 엄마가 되기는 쉽지 않다. 이 아이를 잘 키워야 한다."

윤이는 공부밖에 모르는 가장에게 힘든 내색 한번 안 하고 주어진 현실을 잘 버텨내고 있었다. 그런데 어느 순간부터 남편이 가져가는 돈이 많아져 현상유지가 어려워지기 시작했다. 후덥지근한 날씨에 속옷 밑으로 스며드는 땀처럼 어느덧 몸도 마음도 지쳐가고 있었고, 남몰래 눈물도 많이 흘렸다. 그러다 남편이 친구랑 사업을 시작했는데 1년도 안 돼서 접어야 했다.

막연해하던 그때 늙으신 친정어머니가 딸의 생계를 맡고 사위를 고시공부에 전념하게 해 오늘을 만들어내셨다. 돌이켜보면 어머니의 그 눈물겨운 희생과 헌신이 너무 처절해 윤이가 울기도 많이 했던 모진 세월이었다.

그런 세월 속에서 몇 차례 실패를 거듭하던 상우가 뒤늦은 고시합격을 해 그 아픈 세월을 뒤로 하고 비로소 안정된 삶을 살게 되었다. 그러나 둘째까지 출산해 살림이 크게 나아지지 않았던 그녀는 늘 자신의 몫은 빼고 남편과 아이들만 챙기며 살았다. 고맙게도 아이들은 총명하고 예쁘게 잘 자라주었다. 큰아들 준이는 초등학교 2학년 때, 담임선생님 추천으로 글짓기대회에 나가 '나의 꿈'을 써서 모두를 놀라게 했다. 심사위원이 이 글은 어린아이가 썼다고 볼 수 없어서 입상을 주게 된 것이라고 친절하게 설명을 할 정도였다. 보라매공원에서 글짓기를 하는데 엄마가 준이 옆에 있어서 도와준 것으로 오해를 한 것 같았다.

사실 준이는 나의 꿈이란 글제를 받아 누구의 도움도 없이 거침없이 써 내려갔다.

"사람은 누구나 꿈이 있다. 과학자가 되는 꿈, 의사가 되는 꿈, 선생님이 되는 꿈, 변호사가 되는 꿈 등 많은 것이 있지만, 나는 열심히 공부해서 지구를 살리는 과학자가 되겠다."

윤이도 처음에 준이 글을 읽고 어떻게 어린아이가 이런 글을 썼는지 믿기지 않을 정도였다. 아들 녀석이 아무리 봐도 대단하고 기특했다. 심사위원들도 고민을 많이 한 것 같았다. 준이 여동생인 별이도 마찬가지로 각종 대회에 나가 상을 많이 받아와 온 집안에 기쁨을 주었다.

그렇게 잘 자란 아이들이 커서 명문대에 들어갔고, 남편도 고속 승진해 친구들의 부러움을 샀다. 억척스럽게 절약하고 모아 집도 큰 평수의 아파트로 옮기고 세련되게 꾸며놓은 안락한 분위기의 집에서 가족들이 행복하게 지내던 어느 날 남편의 불륜사실이 드러나 파경을 맞았다. 믿었던 남편에게 숨겨놓은 여자가 있다니… 평온한 그녀의 삶이 한순간에 나락으로 떨어진 사건이었다. 한번 무너진 신뢰는 땅에 떨어져 회복이 불가했다. 그녀는 이성을 잃었고 원망과 후회 분노와 슬픔이 증오와 혐오로 증폭되어 괴물이 되었다.

인생은 어디로 가는지 보다, 누구랑 가는지가 더 중요하다고 했던가?

채워지지 않는 고독을 고귀하고 아름다운 삶으로 승화시키려 했던 그녀의 순수한 열망이 무너져 내리고 망나니가 칼춤을 추는 위태로운 장면들이 어지럽게 떠올랐다.

상우는 아름답고 활기차던 아내가 배신감과 용서의 갈등 사이에서 어느 쪽으로도 결론을 내리지 못하고, 어쩔 수 없이 살아가는 모습을 보며 뼈아프게 후회했다.

"당신은 나에게 죽음과도 바꿀 수 없는 귀한 존재야. 절대로 뒤를 돌아보지 마. 마음 상하면 안 돼. 못난 남편이지만 내 모든 정성을 다해서 행복하게 해줄게."

그녀는 남편이 무슨 말을 해도 의미가 없어졌다.

동네병원

왜 깊은 상처가 난 자리는 쉽게 아물지 않는 것인지… 윤이는 동네에 있는 작은 병원을 찾았다. 젊고 인상이 좋은 남자 의사는 친구와 함께 병원을 개원했다며 무척 친절하게 대했다. 그는 윤이의 건강 상태를 꼼꼼하게 점검해보더니 건강이 많이 나빠져서 여러 가지 검사를 받아봐야 한다고 했다. 윤이가 힘없이 말했다.

"그냥 적당히 살다 갈래요. 검사는 받지 않을래요."

젊은 의사가 의아한 표정으로 말했다.

"무슨 사연인지는 모르지만, 나이가 아깝지 않으세요?"

어느새 눈물이 글썽해지는 윤이를 보고 의사는 더 말하지 않았다.

"그냥 소화도 안 되고 위가 많이 아프니까 침을 좀 놔주세요."

양, 한방을 겸한 곳이었다. 침대에 누운 윤이의 상복부와 하복부를 눌러본 의사는 위에서 딱딱하게 뭉쳐지는 부분이 있다며 그곳에다 침을 놓았다. 신경성이라고 했다. 그러면서도 계속 걱정하는 마음을 담아 우려와 호기심이 섞인 눈빛으로 조심스레 말을 건넸다.

"저희 이모님도 우울증으로 고생하시다가 어린이 동화를 쓰면서 치유됐어요. 글을 한번 써보세요."

키도 크고 서글서글한 젊은 의사는 복부에 침을 정말 잘 놓았다. 양팔을 머리 위로 올려서 깍지를 끼라고 해 놓고 상복부와 하복부를 눌러 딱딱하게 뭉친 부위에 사정없이 침을 놓았다. 너무 아파서 비명이 절로 나올 지경이었지만, 윤이는 눈을 감고 입술을 꼭 다문 채 아무런 미동도 하지 않았다. 그 후로도 침을 10번 정도 더 맞고 나서야 겨우 배꼽 주변에 뭉쳐진 그 아픈 응어리들이 풀리는 것을 느꼈다.

세실리아 언니의 기도

세실리아 언니는 신앙심이 깊고 성격이 온화하며 사람을 품어주는 넓은 마음이 있어서 따르는 사람이 많았다. 윤이는 고민 끝에 세실리아 언니에게 전화해서 남편이 준 상처에 충격받고 그동안 힘들었던 이야기를 털어놓았다. 혼자 고민하고 괴로워하던 윤이가 울면서 하소연하는 것을 잠자코 듣고만 있던 세실리아 언니가 한숨을 내쉬며 말했다.

"젬마야, 울지 마. 우리 주님에게 기도하자. 절대로 울면 안 돼."

세실리아 언니가 윤이의 아픈 마음을 다독이며 기도를 시작했다.

"사랑이 많으신 주님! 당신의 자녀 젬마가 지금 많이 고통스러워하고 있습니다. 흔들리지 않는 굳건한 믿음으로 다시 일어서게 하소서. 젬마네 가정을 회복시켜 주시고 성령으로 새롭게 하소서. 남편이 세속의 그릇된 욕망에서 벗어나 주님 안에서 거듭나게 하시고 맑은 영혼으로 깨어있게 하소서. 주님의 은혜로 기쁨이 넘치는 가정을 이루고 자녀들이 상처받지 않도록 지켜주시고 돌봐주시옵소서. 주님! 다시는 음란 마귀가 범접하지 못하도록 이 가정을 굳건히 지켜주시옵소서. 우리 주 예수 그리스도의 이름으로 간절히 기도드리옵나이다. 아멘!"

주님의 특별한 은사를 받은 그녀는 윤이의 고통스럽고 아픈 마음을 두루 헤아려 정말 기도를 잘 해주었다.

"아멘! 언니 고마워요."

"젬마야! 이럴 때일수록 정신 차리고 잘 챙겨 먹어야 한다. 참! 이러지 말고 우리 바지락칼국수 집에서 지금 만나자. 바로 나올 수 있지?"

레지오 팀이 자주 가던 바지락칼국수 집으로 불러낸 세실리아 언니가 윤이에게 수저를 챙겨주었다. 따뜻한 마음이 전해졌다. 세실리아 언니가 말했다.

"내가 볼 때 젬마는 이 세상의 때가 묻지 않아 이런 속세엔 맞지 않는 것 같아. 젬마는 수녀가 돼야 할 사람이었어."

세실리아 언니는 그 말을 하며 울먹였다.

시편 42:5

내 영혼아 네가 어찌하여 낙심하며 어찌하여 내 속에서 불안해하는가. 너는 하나님께 소망을 두라. 그가 나타나 도우심으로 말미암아 내가 여전히 찬송하리로다.

부모님 산소를 찾아

상우가 출근길에 집을 나서다 우울해 보이는 윤이를 안아주며 내일 장모님 산소에 가자고 했다. 오랫동안 찾지 않았던 부모님 산소를 이럴 때 찾는 것이 내키지 않았지만, 이튿날 남편을 따라 길을 나섰다. 아침부터 잔뜩 찌푸렸던 날씨는 고속도로를 달릴 때부터 눈발을 뿌렸다.

라디오를 켜니 'Dust in the wind'가 흘러나왔다.

마음까지 적셔주는 노래를 조용히 따라 부르던 윤이의 볼에 눈물이 주르륵 흘러내렸다.

상우가 윤이를 달래주었다.

"윤이야! 이 세상에서 우리 윤이를 위해 목숨도 바칠 사람은 못났지만 당신 남편뿐이야. 내가 정말 잘할게."

"고마워요."

윤이가 힘없이 웃어주며 고개를 끄떡였다.

경상북도 문경군 산양면 현리로 가는 길이었다.

그 옛날이 회상되었다. 아버지 상여가 고향 산천을 돌아 현리 냇가에 들어섰을 때, 온 마을 사람들이 다 나와서 슬퍼하며 같이 울어주던 기억과 꽃상여에 어린 윤이와 상주들이 같이 타고 냇가를 건너던 일이 선하게 떠올랐다.

지관이 잡은 명당자리에 아버지가 묻히시던 날은 뻐꾸기도 유난히 슬프게 울었다. 아버지를 부르며 몸부림치던 어린 날의 슬픔이 아련히 떠올랐다. 그렇게 가신 아버지는 먼 하늘의 그리움이었고 윤이의 수호신이었다.

고1이던 윤이는 그렇게 믿고 의지하며 성장을 했다.

어머니는 일흔넷에 돌아가실 때까지 윤이를 곁에서 지켜주셨다. 윤이가 성장해서 가난한 고시생 상우를 만나 결혼하고 첫아들 낳고 둘째를 가졌을 때까지 사위가 고시 공부를 하다 그만두고, 친구랑 사업하다 그것도 접어야 했던 난관에 처했을 때, 어머니가 고심 끝에 비장한 각오를 하고 결단을 내렸다. 어머니는 공부가 손에 잡히지 않는 사위의 손을 잡고 힘주어 말씀하셨다.

"한 서방! 이제부터 내가 윤이 하고 이 어린 것들을 책임질 테니 자네는 집 걱정하지 말고 고시원으로 들어가 공부만 하게. 자네는 거기서 쓸 경비만 본가에서 지원받아 무조건 공부에 전념하게. 내가 아무리 생각해도 자네가 합격하는 길은 이 방법뿐이니 마음 단단히 먹고 떠나도록 하게."

늙으신 어머니의 결연한 의지에 그때까지 가장의 굴레에서 벗어나지 못하고 불안한 삶을 이어가던 상우가 무릎을 꿇고 눈물만 삼키다 굳은 의지를 보였다.

"어머니! 이 은혜 절대로 잊지 않겠습니다. 염치없지만 어머님에게 저희 가족을 부탁드리고 지금 바로 떠나겠습니다. 제가 반드시 합격해서 어머니를 평생 잘 모시겠습니다."

상우는 그날로 짐을 싸서 집을 떠났고, 늙으신 어머니는 지인의 소개로 종로5가에 있는 길거리 가판대에 자리를 잡고 신문 장사를 시작했다. 비가 오나 눈이 오나 하루도 빠지지 않고 이른 아침에 도

시락 두 개를 싸서 경기도 구리 집에서 나가시면 온종일 장사를 하고 저녁 늦게야 파김치가 돼서 집으로 돌아오셨다.

노쇠한 어머니는 헌신적인 사랑으로 그 모질고 힘겨운 세월에 맞서 자식을 품고 굳건하게 버텨내며 놀라운 힘을 발휘하셨다. 추위에 벌벌 떨면서 어머니가 고달프게 벌어 온 돈은 아이들의 우윳값과 기저귀, 쌀, 연탄, 반찬값 등 생계비로 모두 소진되는 빠듯한 삶이었다. 어머니는 딸에게 힘든 내색 한번 않고 용기를 주며 버팀목이 돼 주셨다. 눈물겨운 희생과 고통을 감내하며 살아가시는 어머니의 쭈글쭈글한 손등은 거칠고 갈라져 윤이가 밤마다 크림을 발라 주었다. 고된 하루하루를 버티는 것이 힘에 부쳤던 어머니는 밤마다 잠이 들면 앓는 소리를 내셨다.

윤이는 어머니에게 큰 죄를 짓는 것만 같고 너무 죄송해서 숨죽여 울었다. 그 세월이 벌써 3년이 지났건만 아직도 언제 끝이 날지 모르는 날들이 막연해 시름겨웠던 그녀는 서서히 병들고 있었다.

그동안 상우는 사시에 먼저 붙은 안해원 씨가 핵심을 정리한 서브 노트를 준 것이 큰 도움이 되어 1차에 붙고 2차에서 떨어져 그다음 해 2차 시험에 재도전했다. 최선을 다해 공부에만 매진했던 상우가 드디어 2차에 합격을 하고 꿈에도 기다리던 사법고시 최종합격자 명단에 들었다. 저녁 늦게 장사를 마치고 밖에서 추위에 떨다 돌아오신 어머니가 합격 소식을 듣고 기쁨의 눈물을 흘리셨다. 사위의 큰절을 받으며,

"우리 사위 장하다. 정말 대단하다."

라고 하시는 어머니의 주름진 얼굴에 모처럼 웃음이 활짝 피어나던 그때를 생각하면 숙연해지고 지금도 목이 메었다.

그렇게 해서 비로소 안정된 생활을 하게 된 그녀는 남편 뒷바라지와 아이들 키우는데 모든 정성을 쏟았다. 못난 딸자식을 위해 그토록 헌신하셨던 어머니에게 효도도 하고 화목한 모습을 보여주려고 노력했다.

사위가 직장생활을 하면서 남들보다 일찍 출근하고 늦게 돌아오는 생활이 일상이 되었다. 그러다 차츰 귀가 시간이 늦어지고 밖에서 지내는 시간이 많아지니, 어머니는 막내딸이 행여 이런 일로 마음 쓸까 내심 걱정되셨던지 교육을 시켰다.

"안에서 내조를 잘해야 남자가 밖에서 큰소리치고 출세도 한다. 우리 딸 잘할 수 있지?"

어머니는 지난날 그 힘겨운 삶에서도 주위의 가난한 사람들을 따뜻하게 보살폈고, 가게 앞에 앉아 있는 초라한 노인들에게 다가가 요구르트라도 건네셨다.

어머니가 돌아가시던 그해 봄에는 어느 집에 땟거리가 없어 입에 풀칠하기도 힘든 사람이 있다며 "그 집에 묵은 김장김치 좀 갖다 주자."라고 하셨다. 그래서 윤이가 김치를 담았는데 어머니가 무거울까 봐 적게 담아 놓은 것을 보고 한소리 하셨다.

"어차피 너네 다 먹지도 못할 걸 왜 그렇게 손이 작니? 내 걱정 말고 더 담아라."

걱정은 되지만 윤이가 어머니 마음을 헤아려 김치를 조금 더 담았는데 그래도 성에 차지 않아 못마땅해하며 그 무거운 보따리를 들고 나가셨다.

늦은 봄날 윤이가 뒷산을 갔다 내려가는데, 해거름에 저만치 앞서가는 꼬부랑 할머니가 나무를 한 짐 해서 지고 가는 모습이 너무 안쓰러워 보였다. 그녀가 쫓아가 할머니 나뭇짐을 뒤에서 받쳐드리니 할머니가 다급하게 소리를 지르셨다.

"안 돼! 앞으로 꼬꾸라져."

힘에 부치는 할머니가 앞으로 쏠려 넘어질 것 같아서였다. 윤이는 할머니를 도울 방법이 없어서 뒤에 따라가며 걱정스럽게 말했다.

"할머니, 나뭇짐이 커서 많이 힘드실 텐데 다음엔 조금씩만 지고 가세요."

그 말에 할머니가 한숨을 쉬며 사정을 털어놓았다.

"우리 아들이 폐병에 걸려 방에만 있는데, 추위를 너무 타서 나무를 해다 불을 많이 때줘야 해요."

'아! 요즘에도 나무를 때는 집이 있구나.'

할머니가 애처로워 뭐라도 도와드리고 싶은데 그때 마침 돈이 없어서 윤이는 고민이 됐다.

'그래 오늘은 늦었고 내일 할머니를 다시 만나면 그때 도와드리자.' 이렇게 생각한 그녀는 할머니랑 헤어져 저녁 준비를 하러 서둘러 집으로 갔다. 그런데 그 불쌍한 할머니 생각이 계속 떠올라 마음이 편치 않았다. 그날 저녁에 집에 오신 어머니에게 그 할머니 이야기를 하니 한소리 하셨다.

"그럼 집이라도 알아놓고 오지 그랬니?"

윤이는 그때야 '아차' 하는 생각이 들었다.

"내일 거기 또 나가봐라. 세상에 얼마나 불쌍하니? 쯧쯧… 이번에 그 할머니 만나면 집을 꼭 알아놓고 와야 한다. 내가 알아서 잘 돌봐 줄 거다."

어머니는 딸이 미덥지 않아 몇 번이나 같은 말씀을 하셨다. 그 후 윤이는 그곳에 가서 할머니를 만나려고 매일같이 기다렸는데 어찌 된 일인지 다시는 만날 수가 없었다. 어머니는 오늘도 할머니를 못 만났다는 딸의 말에 눈물을 훔쳐내셨다.

이런저런 생각을 하며 그리운 부모님 산소를 찾아가는 윤이의 마음이 왜 그렇게 아프고 눈물이 멈추질 않는지 마음을 추스르지 못했다. 시골길을 들어서서 좁은 산길을 가다가 입구에 있는 교회 앞에 상우가 차를 세웠다.

준비해간 제수를 챙겨 들고 상우가 앞장을 섰고 윤이가 그 뒤를 따랐다. 그동안 찾지 않았던 산소를 산지기가 주변에 가지치기도 해

놓았고 길도 잘 닦아 놓아 올라가기가 수월했다. 산소에 도착하니 갑자기 앞을 분간할 수 없을 정도로 눈발이 거세졌다.

　부모님을 합장해 드리고 나서 참으로 오랜만에 찾아뵙는 윤이는 감회가 새로웠다. 생전에 의지가 돼 주셨던 어머니와 아버지가 무척이나 그리웠던 윤이가 두 팔을 벌려 산소를 어루만지며 애틋한 마음을 나누었다. 그리고 자신의 응어리진 아픈 마음을 풀어 놓으며 슬프게 울었다. 그간의 상처가 너무 커서 정신을 차릴 수 없었던 윤이가 눈물로 하소연하는 그 곁에서 상우가 장인 장모님 앞에 술을 따르며 흐느꼈다. 일어나서 절을 하고 다시 꿇어앉아 용서를 빌었다.

　"아버님 어머님! 못난 한 서방이 윤이를 울렸습니다. 용서해 주세요. 제가 죽일 놈입니다. 제가 힘들고 어려울 때마다 손잡아주고 오늘의 저를 있게 한 아내에게 이렇게 상처를 주었습니다. 면목 없습니다. 용서해 주세요. 앞으론 정말 잘하겠습니다. 지금 건강이 좋지 않은 우리 윤이가 전처럼 밝고 건강한 모습으로 돌아올 수 있도록 잘 좀 돌봐 주세요. 아버님 어머님! 저희 아이들 준이하고 별이가 그동안 잘 자라서 둘 다 명문대학에 들어갔습니다. 다음에는 저희도 좋은 모습으로 찾아뵙겠습니다. 걱정 끼쳐서 죄송합니다. 정말 잘하겠습니다. 두 분 편안히 잠드십시오."

윤이 부부가 한참을 그렇게 앉아 있다가 산소를 내려오는데 길이 온통 눈으로 덮여 발이 푹푹 빠졌다. 어두워지는 시골길이 다행히 빙판이 지지 않아 조심조심 운전해 빠져나오는데 상우의 얼굴에 긴장감이 돌았다.

차를 고속도로에 올리니 갑자기 쏟아지는 폭설에 미처 제설 작업을 못 해 도로가 빙판이 지고 있었다. 윤이가 기도를 하며 남편이 침착함을 잃지 않도록 조심스럽게 마음으로 응원을 했다. 차들이 엉금엉금 기었고 길이 엄청나게 막혔다. 기어를 1단에 놓고 상우가 잔뜩 긴장한 채 겨우겨우 차를 운전해서 가고 있는데, 빙판이 진 곳에서 속수무책으로 차가 돌더니 옆 차선을 넘어 저쪽으로 나가떨어졌다. 순간적으로 정신이 아득했다. 깜빡이를 켰고 안전거리도 길게 두었지만 바퀴가 의지대로 안 되고 이리저리 미끄러질 때 상우가 다급히 클랙슨을 울리며 핸들을 잘 붙잡고 있어서 간신히 부딪히는 사고를 면했다. 아찔한 순간이었다.

이 험난한 길은 어쩌다 길을 잘못들은 이들 부부의 처지와 같았다. 그렇게 천신만고 끝에 마음을 졸이며 가고 있는데, 다른 차들도 방향을 못 잡고 미끄러지며 여기저기서 접촉사고를 일으켜서 잠시도 마음을 놓을 수 없었다. 어떤 차는 앞 범퍼가 내려앉은 채로 가고 있었다.

날씨만큼이나 얼어붙은 마음으로 수안보까지 올라온 것이 참으로 기적 같았다. 윤이 내외는 안도와 동시에 피로가 한꺼번에 몰려왔다. 수안보 온천에 숙소를 정하고 하룻밤을 묵기로 했다. 두 사람은 따뜻한 물에 목욕하고 꿩고기 샤부샤부를 먹으러 갔는데 윤이는 먹는 둥 마는 둥 했다.

남편이 잘하려고 노력하는 것이 보여도 그녀는 아픈 상처가 쉽게 낫질 않았다. 긴 세월 순순히 남편 뜻에 따라 웬만한 것은 눈감아 주며 살아왔던 그녀가 인제 와서 뒤돌아보니 허울뿐인 남편에게 헌신하며, 넉넉지 못한 살림에 아이들하고 허덕이며 산다고 자신은 돌보지도 못한 채 허무하게 살아온 것이 못내 서럽게 가슴을 파고들었다.

이튿날 서울로 돌아오는 길은 제설 작업이 됐다고는 해도 여기저기 복병처럼 숨어있는 빙판길을 조심해야 했다. 상우가 잠시도 긴장을 늦추지 않고 앞차가 가는 방향을 주시하며 안전 운전을 해 드디어 서울까지 무사히 돌아왔다. 멀고도 험한 긴 여정이었다.

의문의 전화

세찬 눈보라가 걷히고 하늘에 붉은 태양이 솟아올랐다. 잔잔한 일상으로 돌아온 상우와 윤이는 그간의 아픈 상처를 잊기 위해 기도하는 마음으로 새로운 하루하루를 열어갔다.

상우는 아내를 생각하면 자신도 모르게 눈물이 주르륵 흐른다고 했다. 늘 곁에서 따뜻한 시선으로 자신에게 용기와 힘을 주었던 착한 아내가 고통에서 헤어나지 못해 정신과 약을 먹으며 힘들어하는 것이 괴로워서였다.

매일 아침 상우는 출근하면서 아내에게 하는 말이 있었다.

"오늘도 밥 잘 챙겨 먹고 운동 열심히 하고 편안하게 쉬고 있어요."

상우는 사무실에 가서도 수시로 전화해서 윤이를 챙기며 모든 정성을 쏟았다. 그렇게 평화를 찾아가던 어느 날, 퇴근한 남편에게 전화가 한 통 왔는데 남편의 표정이 굳어 있어서 윤이는 이상한 느낌이 들었다. 그다음 날 남편이 퇴근한 지 3시간이 넘도록 아무 연락도 없고 전화기가 꺼져 있었다.

윤이는 신경이 날카로워졌다. 또다시 남편을 믿을 수 없다는 생각이 들어 마음이 무척 괴로웠다. 고통 속에서 힘들게 기다리던 남편이 밤늦게 돌아왔을 때 윤이가 울면서 마구 퍼부었다.

"나는 너네랑 부류가 달라. 내가 그렇게 우습게 보였니? 너는 최하류야. 꼬라지가 어쩜 그렇게 똑같은 것들끼리 놀았니?"

윤이가 무슨 말을 해도 상우는 묵묵히 다 받아주었다.

기적

2월 20일, 고속버스 터미널에 있는 신세계백화점 앞에서 퇴근한 남편을 만난 윤이는 우울증이 더해져 극도로 신경이 예민해졌다. 마음이 안정을 잃은 상태여서 남편을 신뢰하며 산다는 것이 불가능해졌다.

무조건 남편하고 헤어져야겠다는 생각뿐이었다.

사람들이 지나다니는 거리에서 그녀가 얼마나 울었는지 상우로선 감당이 되지를 않아 택시를 잡아서 태웠다. 윤이는 어디든 의지할 곳이 필요했다. 상우가 10년 동안이나 찾지 않았던 동작동 성당에 차를 세웠다.

2월의 잿빛 하늘은 이내 어둠 속에 묻혔고 그 후로도 많은 시간이 흘렀다. 힘들고 지친 윤이는 성당 앞마당에 모셔진 성모님을 뵈니 그간의 감당할 수 없었던 일들이 떠오르며 마음이 너무 아파 흐느껴 울었다.

"엄마, 그동안 왜 저 혼자 내버려 두셨어요? 저 이 사람 만나지 말았어야 했어요. 긴 세월 너무 힘들었어요. 저 착하게 살았잖아요. 엄마! 저 좀 데려가세요. 제발 저 좀 데려가세요."

상우도 그녀를 끌어안고 같이 울었다. 오래전에 돌아가신 친정 엄마가 너무나도 그리웠던 윤이는 성모님 앞에서 엄마를 부르며 너무 슬퍼서 목 놓아 울었다. 성당 안으로 들어가니 주님이 모셔진 제대 앞에 불빛이 마치 영화의 한 장면처럼 부분적으로 켜져 있고, 그곳에는 사람들이 몇 명 있는 것 같았다.

윤이 부부는 입구에서 얼마 떨어지지 않은 뒤쪽으로 가서 조용히 앉았다. 그런데 저 앞에서 신부님이 이들 부부를 향해 "두 분 이 앞으로 좀 나와 주세요." 하며 손짓을 했다. 영문을 모르는 윤이 부부가 머뭇거리자 신부님이 이들이 있는 곳으로 오셨다. 사람들을 피하고 싶었던 윤이 부부는 눈물로 온통 얼룩진 자신들의 모습을 보이고 싶지 않아 고개를 숙였다.

신부님이 이 부부의 어색한 분위기를 보고도 일부러 모른 척하시는 건지 저쪽을 가리키며 말씀하셨다.

"오늘 저 젊은 부부가 혼배성사를 하려고 합니다. 증인 서줄 사람이 없어서 기다리고 있었는데 두 분이 좀 서주셔야겠습니다."

신부님 말씀에 윤이 부부는 어찌해야 할지 그저 난감하기만 했다. 지금 이혼 직전의 상태인데 혼배성사의 증인이라니…. 당황해서 어떻게든 이 자리를 모면하려고 했다.

"신부님, 저희는 부족한 것이 많아서 안 돼요. 견진성사도 안 받왔어요. 죄송합니다."

그러자 신부님이 괜찮다며 저쪽에 있는 젊은 사람들을 불러서 이들 부부에게 인사를 시켰다.

"지금까지 아무도 오는 사람이 없어서 우리가 우두커니 저 문만 바라보고 있었어요. 그런데 마침 두 분이 들어오신 거예요. 자 모두 이쪽으로 나오세요."

신부님이 다시 채근했다.

윤이 부부는 실감이 나지 않았다. 이 자리는 마치 주님이 자신들을 위해 마련해 놓으신 것 같다는 생각이 들었다. 이렇게 늦은 시간까지 증인 설 사람도 없이 기다리고 있었다는 것도 그랬고, 모두가 마치 윤이 부부가 오기만을 기다리고 있었던 것처럼 보였다.

윤이 부부가 더 이상 그 자리를 피할 방법이 없어서 앞으로 나가자 신부님이 정식으로 젊은 부부를 소개했다. 이 부부는 박사과정을 밟고 있는 사람들입니다. 신부님의 안내에 따라 젊은 부부가 웃으면서 공손하게 인사하는데, 반대편에 서 있는 윤이 부부와는 다르게 밝고 행복해 보였다. 그들은 26년 전, 윤이와 상우가 혼배성사 하던 때를 연상하게 했다.

이렇게 해서 윤이 부부는 정말 어쩔 수 없는 상황에서 그들의 양쪽 옆에 증인으로 나란히 서게 되었다. 신성한 혼배성사가 시작되었고 혼인서약을 하는데, 그 모든 말씀 하나하나가 자신들에게 다시금 들려주는 귀한 말씀이었다. 가슴이 밑바닥에서부터 뜨거워졌다.

윤이는 문득 이런 생각이 들었다. '지금까지 방황하던 나를, 우리 부부를 붙잡아주시려고 주님께서 이런 자리를 마련하셨구나!' 자꾸만 눈물이 나왔다.

'아! 참으로 놀라우신 주님의 은총이다. 주님께서 그동안 우리 때문에 얼마나 마음이 아프셨을까? 그동안 성당도 다니지 않았던 우리 부부를 끝까지 버리지 않으셨구나! 이건 분명히 주님께서 우리를 위해 짜놓으신 각본이다.'

신부님의 말씀 하나 하나가 마음에 와닿아 가슴을 적시고 있었다.

✝ 우리를 구원으로 이끄시는 하느님 아버지, 성체를 받아 모신 우리로 하여금 당신 사랑 안에 머물게 하소서. 당신의 거룩한 제단에서 혼인서약을 한 신랑 신부가 세상의 온갖 어려움 속에서도 서로 사랑하며 복된 삶을 살아가게 하소서.

윤이는 혼배성사가 계속되는 동안 넘쳐나는 눈물과 떨리는 마음을 애써 가라앉히며 십자가에 계시는 주님만 바라보았다. 주님의 기적으로 이루어진 이 위대하고 성스러운 혼배성사는 윤이 부부 외에는 그 누구도 짐작조차 하지 못한 채 조용히 끝이 났다.

윤이 부부는 이제 새롭게 시작하는 신혼부부 앞에서 자신들의 이 기막힌 이야기를 차마 꺼낼 수가 없었다. 하지만 언제고 오늘 일어난 이 위대하신 주님의 기적을 꼭 말해 주리라 마음먹었다. 그러면서 신혼부부에게 따뜻하고 진심 어린 축복을 빌어주었다. 믿음 안에서 서로 사랑하며 예쁘게 잘 살기를 바라는 마음이었다. 신부님과 신혼부부 그리고 윤이 부부는 함께 기념사진도 찍었다.

잠시 후, 모두 돌아가고 이제 성당 안에는 윤이 부부만 남았다. 상우는 제대 앞으로 나가서 주님께 무릎을 꿇고 큰 소리로 울며 통회의 기도를 드렸다.

"주님! 정말로 감사합니다. 당신의 은혜에 너무나도 감사합니다. 지난날 저의 큰 잘못을 용서하시고 이런 자리를 마련해 주신 주님! 앞으로 저는 어떤 일이 있어도 저 여인을 절대로 울리지 않겠습니다. 행여라도 제가 저 여인을 또다시 울리는 일이 있으면 어떤 가혹한 형벌이라도 달게 받겠습니다. 그때는 저의 사지가 찢기는 벌을 주십시오. 주님! 제 몸 안에 있는 더러운 피를 말끔히 씻어 주십시오. 저 여인을 위해서라면 무엇이라도 하겠습니다. 부디 저 착한 여인을 보호해 주시옵소서. 주님! 지난날 저의 경거망동한 행동과 잘못으로 상처받은 저 여인을 돌보시어 전처럼 건강하고 밝은 모습으로 돌아오게 하여 주시길 간곡히 바라옵니다. 이제 저는 주님의 뜻을 따라 영원히 주님의 종이 되어 살아가겠습니다."

상우는 윤이의 손을 잡고 주님 앞에 나가서 굳은 맹세를 했다.

상우의 손이 떨리고 있었다. 도무지 믿기지 않는 현실이었고, 주님의 사랑은 한없이 크게만 느껴졌다. 상우는 윤이를 끌어안고 말했다.

"내가 한순간의 실수로 당신을 잃을 뻔했다."

그는 길게 한숨을 내쉬었다.

"이제는 절대로 뒤를 돌아보지 마. 내가 잘할게. 나는 당신이 울고 있으면 간이 녹아내리는 것 같아."

그리곤 목이 메었는지 잠시 멈추었다가 말을 이어나갔다.

"이제는 어떤 일이 있어도 울지 마. 내가 당신을 이 세상에서 가장 행복한 여자로 만들어줄게."

윤이는 그간의 쓰라렸던 마음이 다 스러지는 것 같았다. 그녀는 남편을 꼭 안아주었다. 그를 용서하기가 그렇게 힘이 들어서 이혼까지 하려고 했는데…. 그 엄청난 위기에서 주님이 구해 주신 것이었다. 윤이도 주님께 감사의 기도를 드렸다.

"주님! 지난날 제가 주님을 떠나서 살아가는 동안에도 당신께서 저를 항상 돌보아 오셨다는 것을 깨닫기까지는 너무나도 많은 세월이 흘렀습니다. 그렇게 긴 세월을 돌아서 이제야 주님 앞에 선 저는 이렇게 작고 초라할 뿐입니다. 오늘 당신이 저희에게 베풀어주신 이 놀랍고도 엄청난 사랑과 은혜에 뭐라고 감사를 드려야 할지 모르겠습니다. 주님! 그동안 저 때문에 마음이 많이 아프셨지요? 이제는 두 번 다시 당신의 품을 떠나지 않겠습니다. 정말로 감사합니다. 저는 앞으로 당신의 뜻에 따라 살겠습니다. 그리고 세상 사람들에게 오늘 당신의 이 놀라운 은총과 크신 사랑을 꼭 전하겠습니다. 저희를 끝까지 인도하시고 지켜주시옵소서 우리 주 그리스도의 이름으로 비옵니다. 아멘."

윤이 부부는 사제관으로 내려가서 신부님을 찾아뵙고 그간의 이야기를 모두 말씀드렸다.

"신부님! 저희가 이혼을 하겠다며 울면서 성당을 찾아왔는데 오늘 주님의 놀라운 기적을 체험했습니다. 그동안 저희는 성당도 다니지 않았고 방황하고 있었습니다. 그런데 주님은 그런 저희를 품어주셨고 신성한 혼배성사를 통해 혼인서약을 다시 듣게 하셨습니다. 주님의 크신 사랑에 가슴 밑바닥까지 뜨거워지는 눈물을 진정시키기가 어려웠습니다."

신부님이 아무 말 없이 두 사람의 이야기를 다 듣고 나서 따뜻하게 손을 잡아주며 말씀하셨다.

"오늘의 신비를 묵상하며 주님 앞에서 맺은 부부의 언약을 죽을 때까지 지키고 사랑으로 모든 고난을 극복하세요."

그 후 윤이 부부는 매일 성당에 가서 기도를 드렸다. 주일 미사도 빠지지 않았고 신부님 강론도 열심히 들었다. 윤이 부부는 이승

찬 안드레아 신부님을 "작은 거인!"이라고 하며 큰 은인이자 존경하는 분으로 모셨다.

　신부님은 1년이 다 되도록 강론 때 한 번도 이 기적 이야기를 하지 않았다. 지난 크리스마스 자정 미사 때였다. 신부님이 갑자기 "여러분, 이 동작동 성당에 주님이 오셨다고 한번 생각해보세요."라고 하셔서 이제 그 말씀을 하시려나 보다 했는데 거기서 끝이었다. 이 알쏭달쏭한 이야기를 알아들을 수 있는 사람이 윤이 부부 외에는 없을 것 같았다.

　상우는 출퇴근길에 한 단짜리 묵주를 가지고 다니며 윤이를 위해 기도했다. 어느 날, 상우가 퇴근 후 윤이랑 동작동 성당에 가는 길이었다. 술에 취해 비틀거리며 앞서가던 상우가 획 돌아서더니 주머니에서 묵주를 꺼내 보이며 윤이를 보고 말했다.

　"현수 그놈아가 나처럼 우리 윤이를 위해서 이렇게 기도할 것 같아? 용기 있는 자만이 미인을 얻는 거야!"

　상우는 강현수가 연적이라고 했다.

　그동안 건강이 많이 나빠진 윤이를 데리고 상우는 아침저녁으로 아파트를 돌았다. 지극정성이었다. 조석으로 시원해진 9월의 밤이었다. 퇴근하고 돌아온 상우랑 그날도 어김없이 손을 잡고 아파트를 걷고 있는데, 상우가 가던 길을 멈추고 윤이 손에 힘을 주면서 말했다. "우리 윤이가 다 낫고 나면 센존 입고 우리 그놈아 만나러 가자."

윤이는 상우가 센존을 사주겠다는 말인 줄 알고 고개를 끄덕였는데 난데없이 "그놈아 만나러 가자."라고 하는 바람에 웃음이 터졌다. 그러자 상우가 침울한 표정으로 말했다.

"봐라. 니는 그놈아 말만 나오면 웃잖아."

윤이는 상우가 하는 짓이 너무 웃겨서 눈물이 날 만큼 웃었다.

그 후 상우는 정말로 강현수에게 전화를 해 시청 앞에 있는 라칸티나에서 만나자고 약속을 해 놓았다. 윤이는 지금의 상태로 그를 만나는 것이 영 내키지 않았지만 남편이 잡아놓은 약속 때문에 어쩔 수 없이 약속 장소로 가야 했다. 그러나 막상 이 옷 저 옷을 입어 보니 자신의 모습이 폭탄 맞은 것처럼 보여 선뜻 나서지를 못해 약속 시간이 많이 지나고 있었다. 겨우 추스르고 나간 윤이는 자신이 너무 초라하고 부끄러워 움츠러들었는데 그가 반갑게 맞아 주었다. K그룹의 대표이사로 있는 그는 여전히 멋지고 다크 브라운의 슈트가 잘 어울리는 중후한 모습이었다.

윤이가 올 때까지 그는 지난날 윤이의 모습을 그리며 지금은 어떻게 변했을까? 아직도 귀여운 모습을 한 여인일 거야. 이런 상상을 하고 있었다고 했다. 상우는 그와 이야기를 나누라고 한 시간 후에 왔는데, 윤이가 워낙 늦게 간 바람에 도착 시간이 거의 비슷했다. 식사하면서도 맞은편에 앉은 그가 신경이 쓰여 웨이터에게 종이 냅킨을 부탁했다. 웨이터가 친절하게 기둥 옆에 있다고 말해주었다. 그러자 그가 벌떡 일어나 "아니 그럼 진작 나한테 말을 하지." 하며 예전의 장난스러운 그 특유의 모습으로 말했다. 윤이는 그 바람에 그만 웃음이 터졌다.

남편이 식사를 마치고 먼저 일어나 둘만의 시간을 만들어주었다.

그런데 인제 와서 무슨 말을 해야 할지 윤이는 어색했다.

서로 살아온 이야기를 하다 그가 한상우 씨는 언제 만난 거냐고 물었다. 아마 그게 제일 궁금했던 것 같았다.

"친구가 남편에게 웅변원고를 부탁했는데 교내에서 1등을 해 고맙다고 인사하러 갔대요. 그런데 남편이 자기는 시간이 없다며 돌려보내서 친구가 자존심 상해하는 걸 보고 골탕 먹이러 나갔다가 너 없으면 못산다고 매달리는 남편에게 발목이 잡힌 거예요."

그 말에 그가 "에휴" 하며 기가 막힌다는 듯이 한숨을 길게 내쉬었다. 그때 마침 윤이에게 전화가 걸려 와 대화가 끊겼다.

"남편인가 봐요. 네, 지금 가고 있어요."

잘못 걸려 온 전화였는데 윤이가 장난하는 말에 그가 놀라 자리에서 벌떡 일어났다. 그렇게 헤어지고 저녁에 집에 돌아온 남편에게 왜 강현수를 만나게 했냐고 물으니,

"네가 그놈아 늙은 모습을 봐야 생각을 안 할 것 같아 만나게 해준 거야."

'아, 정말 못 말리는 남편이다.'

남편은 남자의 세계가 어떻다는 것을 보여주려는 듯 다양한 모임을 가졌다. 모임에 늦게 도착한 남편 직장 상사의 부인이 우아하고 세련된 모습으로 시선을 끌었다. 머리를 하나로 묶고 자연스러운 핏의 부드러운 베이지색 투피스를 입은 모습이 인상적이었다. 그 후 오랜 세월이 흘러 두 부부가 만남을 가졌는데 그 아름다운 부인은 나오지 않고 이상하게 생긴 여자가 나왔다. 의아해하는 윤이를 보고 여자가 먼저 말했다.

"사모님이 절에 가서 계세요. 그곳에 가신 지 오래 됐어요."

'아! 이 느낌은 뭐지?'

남편이 바람을 피우고 얼마나 힘들게 했으면 그랬을까 싶어 마음이 아팠다.

'도대체 이 여자에겐 어떤 매력이 있는 걸까?'

윤이는 여자가 아무리 봐도 보는 사람이 무색할 만큼 공상영화에 나오는 ET 같아 보여 호감이 가질 않았다. 시부모와 전처 자식들 그리고 절에 가 있는 본처를 뒷바라지하고 있다는 말을 자랑이라고 하고 있는데 기가 막혔다.

"시부모님이 저를 너무 예뻐하세요. 아이들도 제가 엄마보다 더 좋다고 해요."

그때 남자가 거들었다.

"이 사람은 남대문에 큰 상가를 세 개나 갖고 있고 돈이 무척 많은 사람이에요."

"저희 가게에 오시면 제가 예쁜 옷 몇 벌 드릴게요. 꼭 한번 나오세요."

한심해 보였다. 이런 얼빠진 인간들이… 쯧쯧. 시부모라는 사람 역시 안 봐도 뻔할 것 같았다.

부부모임을 자주 갖던 어느 날 저녁에 남편이 나오라고 해서 모임에 가니 젊은 부부가 나와 있었다. 그런데 그들은 부부가 아니라고 했다. '이건 뭐지?' 의아한 표정을 짓는 윤이에게 남자가 말했다. 직장을 다니며 밤에 야간 대학원을 다니는데 그곳에서 여자를 만났다고 했다. 부인은 집에서 장애가 있는 아들을 키우느라 꼼짝을 못한다고 했다. '도대체 이게 말이 돼? 아내를 도와주지는 못할망정 이 무슨 해괴한 짓인가? 양심의 가책도 없는 이 남자의 뇌 구조는 어떻게 생긴 걸까?'

윤이는 기가 막히고 한심해서 아예 말문을 닫았다. 남자 옆에 찰싹 붙어 앉아 음식을 남자한테 얹어주고 있는 여자를 보니, 얼굴이나 모양새는 그런대로 괜찮은 편인데 똘끼에 더러운 느낌이 들었다. '왜 한창 나이에 제대로 된 사람 만나 결혼을 하지 저러고 있을까? 왜 이런 자리를 만들었을까?' 영 기분이 언짢았다. 남편이 집에 와서 그 남자에 대해 뭐라고 이야기를 늘어놓는데 윤이는 아무 말도 들어오지 않았다.

"도대체 왜 그런 사람을 만나는 거야? 사람 같은 사람을 좀 만나. 먹은 거 토할 뻔했다."

윤이가 잔뜩 짜증을 내며 남편을 밀어냈다.

테니스 모임에서 만난 부인이 세련된 모습에 사교적이고 이야기도 잘했다. 저녁 식사를 하는 자리에서 남편들이 이런저런 이야기를 하는데 갑자기 그 부인이 끼어들어 큰 소리를 냈다. '무슨 일이지?' 윤이가 진정을 시키려고 하니 그녀가 말했다.

"남편이 지방에서 사업을 하니까 내가 일주일에 한 번씩 내려가는데 어느 날 직원이 사모님 이혼하셨다면서요? 하고 묻더라고요. 얼마나 기가 막혀요?"

남편에게서 느끼는 배신감과 이루 말할 수 없는 허탈함에 힘든 시간을 견뎌야 했던 그녀의 심정이 읽혀졌다. 그래서 윤이가 위로한답시고 "어떤 사람은 아내가 죽었다고 하는 사람도 있대요. 너무 상처받지 마세요." 하자 이 부인이 "우리 시숙은 정말로 마누라가 죽었다고 하고 다녔어요." 그 말에 윤이는 아연실색해 더 이상 말을 할 수가 없었다.

'얼마나 당황스러웠을까? 부부로 만나 신뢰 관계가 무너지면 이렇게 인생의 겨울을 맞는구나!'

씁쓸했다.

동네에서 만난 사람들

윤이는 그간의 많은 일을 겪은 뒤로 눈물이 많아져 자주 가던 뒷산도 안 가고 집에만 있었다. 그러다 하루는 모자를 푹 눌러쓰고 뒷산을 올라갔다. 한참을 오르다 숲속 큰 나무 그늘 밑에서 쉬어가려고 의자에 앉는데, 저쪽에 자리하고 앉아 있는 한 아줌마가 눈을 감고 있는 모습이 들어왔다. 범상치 않아 보였다. 우울증으로 고생하던 윤이는 맞은편에 앉아서 아줌마가 눈을 뜰 때까지 조용히 기다렸다.

한참 후에 눈을 뜬 아줌마에게 윤이가 다가가서 "한 수 가르쳐 주시지요."라고 하니 아줌마가 "선할 것 같으면 아직 복은 오지 않았으나 화는 멀리 가고 없더라. 악할 것 같으면 아직 화는 오지 않았으나 복은 멀리 가고 없더라."라고 응수를 했다.

자유로운 영혼처럼 툭툭 던지는 아줌마의 말에 호기심이 생긴 윤이가 친근하게 다가가 이런저런 이야기를 나누다 어느새 둘은 격의 없는 친구가 되었다.

바람처럼 왔다가 바람처럼 사라지며 말동무가 돼 주던 아줌마가 한동안 보이지 않았다. 그런 어느 날 그곳에 아줌마가 나타났다. 반가워하는 윤이에게 아줌마가 그동안 백두산을 다녀왔다고 했다. 아줌마는 오래전에 상처받은 마음을 치유하기 위해 사찰을 찾아 불공을 드린다고 했다. 유방암까지 앓으며 힘들었던 이야기를 담담하게 들려주었다. 그때는 죽을 만큼 힘들었는데 지나고 보니까 다 덧없는 것이더라 했다.

윤이는 우울증에서 벗어나기 위해 방배동에 있는 실외 골프장에 가서 큰맘 먹고 등록을 했다. 무작정 시작부터 하고 본 일이라 당장 필요한 골프채도 준비되지 않았고 골프화도 없었다. 급한 대로 연습장에 있는 채를 가지고 강사가 시키는 대로 기초를 배우며 정신을 그곳에 집중했다. 쉽게 생각했던 골프가 어렵고 힘들어도 연습장에 가서 모든 것을 잊기 위해 매일 공을 쳤다.

옆 사람이 치는 걸 보며 언젠간 나도 저렇게 칠 날이 오겠지 하는 마음으로 재미없고 늘지도 않는 골프에 매달리던 어느 날 앞 라인에서 장타를 시원하게 펑펑 날리는 아줌마가 존경스러워 말을 붙였다.

"폼도 예쁘고 어쩜 그렇게 잘 치세요? 저는 얼마 전에 시작했는데 힘만 들고 잘 안 돼요."

"저도 잘 안 돼요. 그냥 치는 거예요."

"어떤 마음으로 공을 치세요?"

"호호, 그냥 칼 가는 심정으로 쳐요."

"와아! 명답을 주셨네요."

둘은 마주 보고 유쾌하게 웃었다.

남편이 퇴근 후 오기로 한 시간이 다 돼서 윤이가 채를 정리하고 일어났다. 앞에 아줌마한테 인사를 하고 1층 주차장으로 걸어가는데, 연습장 입구에 서 있던 청년 두 명이 꽃다발을 들고 와서 윤이에게 "저, 이 꽃 받으세요." 하며 안겨 주었다. 얼결에 꽃을 받아든 윤이가 영문을 몰라 청년들에게 물었다.

"이 꽃을 왜 주는 거예요?"

새미 정장의 앳돼 보이는 청년들은 어디선가 본 듯 했다. 언뜻 보기에 한 명은 그 옛날 과외 할 때 선생님 보디가드라며 따르던 준석이를 닮은 것 같았다.

"그냥 드리는 거예요."

"아, 아니에요. 이거 받으세요. 바빠서… 그냥 갈게요."

꽃을 돌려주니 착해 보이는 청년들이 계속 받으라며 떼를 쓰듯 했다.

"그럼 이 장미 한 송이만 가져갈게요."

윤이가 빨간 장미꽃을 하나 뽑아 들고 뻘쭘하게 서 있는 청년들에게 "고마워요." 하고 웃으며 인사를 하고 걸음을 재촉했다. 저만치 가다가 그때까지도 서 있는 청년들에게 손을 흔들어 주었다.

공연히 미안했다.

'여자 친구를 기다렸던 건가?'

상우는 윤이를 만나자마자 들고 있는 장미꽃이 더 궁금했는지 그것부터 물었다.

"그 꽃이 뭐야?"

"이거요? 어떤 청년들이 연습장에서 나오는데 꽃다발을 안겨줬어요. 영문을 몰라 내가 안 받으려고 하는데도 자꾸만 받으라고 해서 그럼 이 장미 한 송이만 가져갈게요 하고 뽑아 왔어요."

그 말을 듣자마자 상우가 바로 꽃을 빨리 버리라고 했다. 거듭 버리라고 재촉하는 것을 윤이가 식당 아줌마에게 주었다.

"이 꽃 예쁘죠? 선물이에요."

"어머나, 너무 예뻐요. 근데 이 장미꽃을 제가 받아도 돼요?"

"그럼요. 훗…"

"아유, 꽃 선물을 다 받고 이렇게 좋을 수가. 호호호, 고맙습니다."

아줌마가 좋아하는 모습에 윤이 부부도 금세 마음이 밝아졌다.

다니던 에어로빅 학원도 안 가고 운동 삼아 목욕탕 가는 것이 일과인 윤이가 탕에서 스트레칭을 하는데 윤이 또래의 곱상한 아줌마가 옆에 와서 말을 걸었다.

"몸매가 예뻐요."

"배가 나와서 운동하는 거예요. 따라 해보세요."

"아유 저쪽에 배 나온 사람들이 보면 욕해요."

그 말이 우스워 둘이 마주 보고 웃었다.

그 뒤로 두 사람은 목욕을 갈 때마다 만나게 되었고 친구가 돼서 이런저런 이야기를 많이 했다. 그녀는 치매를 앓는 친정어머니를 모시고 사는데 어머니 때문에 많이 웃는다고 했다.

"내가 화장대에 앉아 있는데 엄마가 와서 '너 불쌍해서 어떡하니?' 하는 거예요."

그래서 '엄마 내가 왜 불쌍해?'

'너 과부잖니.'

'그럼 저기 앉아 있는 사람은 누구야?'

'응? 저 사람은 승희 아빠지.'

'그럼 나는 누구야?'

'너는 승희 엄마지.'

부부라는 것이 연결이 안 돼서 이렇게 웃음을 주는 엄마가 귀여워요.

그런 그녀가 어느 날 어머니를 요양원으로 모셨다고 했다.

"엄마가 매일 밤만 되면 빨리 보따리 싸서 피난 가자고 가족들을 깨우고 다녀 어쩔 수가 없었어요. 그렇게 정신도 없는 분이 당신을 그곳에 보냈다고 우리가 가면 쳐다보지도 않아요. 그래서 우리가 간병인인 것처럼 할머니 지난밤에 잘 주무셨어요? 하고 물어보면 그

땐 대답하고 말도 잘하세요."

참으로 가슴 아픈 일이었다.

치매에 걸리면 가장 힘들었던 때를 기억하는 것 같아 은근히 걱정되었다.

하루는 목욕을 하고 나오는데, 탈의실에 할머니가 쓰러졌다고 사람들이 119를 부르고 난리가 났다. 웅성거리는 사람들을 제치고 가서 보니 할머니가 의식은 있고 기운이 없는 것 같아 음료수를 갖다 드리고 팔다리를 주물러드리니 그제야 기운을 차리셨다. 카운터 아줌마가 말했다.

"요즘 고령인구가 늘어 이런 사람들이 많아요. 그때마다 내가 1000원짜리 음료수 하나 갖다 드리면 기운을 차렸어요."

"아유 좋은 일 하셨네요. 제가 지금 2만 원밖에 없는데 이걸로 그런 분들 음료수 드리세요."

어느 날은 저녁 시간이 다 돼서 목욕갔는데 할머니 한 분이 탈의실 평상에 앉아 컵라면을 드시는 모습이 안쓰러워보였다.

"할머니 라면으로 식사가 되세요? 이거 국산 검은콩 두유인데 드셔 보세요."

"고마워요. 나는 집에 혼자 있는 게 너무 외로워 여기 사람 많은데 와서 텔레비전 보다가 잠도 여기서 자요. 우리 아이들은 공부해서 모두 외국에 나가 살고 있어요."

"아, 그러셨구나. 할머니 생활비는 누가 보내주세요?"

"사는 건 걱정 없이 살아요."

"네에, 다행이네요. 제가 아는 사람은 남편이 돌아가시고 나니 집이 텅 빈 것 같고 너무 외로워 밖에 나갈 때도 텔레비전을 켜놓고 나간대요. 할머니 너무 외로워하지 마시고 잘 챙겨 드세요. 지금 목욕하러 가실래요?"

"나는 이따가 천천히 할래요."

"그럼 저 먼저 들어갈게요. 편안히 쉬었다 오세요."

그 후로 할머니는 윤이가 인사를 하면,

"집이도 자고 갈 거유?"

"오늘 자고 갈 거유?"

사람이 그리워 매번 물어보시는 할머니가 너무 안타까웠다.

'자식이 성공을 한들 무슨 소용이 있나? 어머니가 저렇게 힘들어하시는데…'

그런데 목욕탕이 어느 날 폐업을 해 할머니가 제일 걱정되었다. 그 후 어떻게 사시는지 건강은 하신지 내내 마음이 쓰였다.

푹푹 찌는 한여름 날씨에 땡볕에 계속 세워둔 차 안의 룸미러가 운전석에 떨어져 있었다. 접착제가 녹아서 그런 것 같았다. 동네 카센터에 가져가니 아저씨가 "이거 갈아야 돼요." 하며 고개를 갸웃했다.

"이 룸미러는 여기서 못 구해요."

"어머나, 왜요?"

"수입품이라 다른 데로 가야 돼요."

"그럼 본드로 붙이면 안 되나요?"

그런 윤이가 딱해보였는지 아저씨가 "그냥 내 차에 있는 거 갖고 와서 달아줄게요." 하더니 금방 뚝딱 달아주었다.

"아저씨, 얼마 드리면 돼요?"

"아뇨 됐어요. 그냥 달아준 거예요."

그 말에 옆에 있던 그의 친구가 버럭 소리를 질렀다.

"야! 너 미쳤어?"

"아니에요. 제가 당연히 돈을 드려야죠."

윤이가 재차 돈을 주려고 해도 아저씨가 한사코 받지 않았다.

그게 너무 미안했던 윤이는 그 후로 그 카센터를 갈 수가 없었다. 지금 같으면 뭐라도 사가지고 가서 고맙다는 인사를 하고 왔을 텐데 그때는 왜 그랬는지 그 생각을 하면 아직도 참 미안한 마음이 들었다.

토요일 오후에 남편이 윤이에게 맛있는 거 먹으러 가자며 사당역에 있는 음식점에 데려갔다. 입구에서 여종업원이 부부를 반갑게 맞아주었다.

"요즘은 왜 자주 안 오세요?"

가족 모임과 친구들 모임이 있어서 몇 번 갔던 곳인데 종업원이 기억하고 친절하게 대해줘서 고마웠다. 방으로 안내를 받고 메뉴를 고르는 동안 나갔다 들어온 종업원이 윤이 부부에게 말했다.

"두 분 모습이 참 다정하고 보기 좋아요. 저희 음식점에 두 분을 사진 찍어서 걸어놓고 싶은데 부탁 좀 드려도 될까요?"

종업원의 느닷없는 말에 부부가 긍정도 부정도 못하고 서로 얼굴만 쳐다보고 있으니,

"그럼 주문 먼저 도와드리고 다시 오겠습니다."

종업원이 웃으며 주문을 받고 나가자, 윤이가 남편에게 말했다.

"우리 모습이 엉망이라서 안 되겠어요."

이들 부부는 그동안 마음을 다쳐 지금의 모습을 남기고 싶지 않아서였다.

곧이어 매니저가 들어와 정중하게 인사를 하고는 조금 전과 똑같은 부탁을 또 했다. 이들 부부는 속마음을 털어놓을 수도 없고, 그렇다고 지금의 모습을 찍기도 그렇고 해서 조심스럽게 거절했다.

"네, 뜻은 너무 고맙고 잘 알겠는데, 우리가 어색해서 안 되겠어요. 미안해요. 밥이나 와서 먹을래요."

매니저는 생각했던 것처럼 쉽게 들어주지 않는 부부를 아쉬운 표정으로 바라보며 잠시 서 있다 조용히 인사를 하고 나갔다. 윤이 부부는 괜히 미안한 마음이 들어 음식 맛이 어떤지도 모르고 먹었다.

돌아보면 윤이는 지금까지 사람들에게 호감을 받으며 참으로 복되게 살아온 사람이었다.

그런 윤이가 엄청난 시련을 겪고 좀처럼 트라우마에서 벗어나지 못해 힘들어하다가 그동안 소중하게 생각하던 것들을 하나하나 정리했다. 서재에 차곡차곡 모아 둔 음반과 CD부터 모두 갖다 버렸다. 집에 있는 모든 것들이 이제는 의미가 없어졌기 때문이다. 지난날 간간이 써놓았던 노트도 버리려고 내놓았다가 빛바랜 노트를 들춰 보았다. MBC 여성시대에 보냈던 글이 눈에 들어왔다.

그이랑 집을 보러 갔다. 산 쪽으로 나 있는 이층집이 안의 구조는 작지만 쓸모 있게 잘 배치돼 있고 남향이었다. 그런데 우리는 이 집보다 안방의 넓은 창문을 통해 내려다보이는 푸른 숲에 반해 두 말도 않고 집을 계약했다. 덤으로 얻은 바깥 풍경은 우리를 무척 설레게 했다.

집 안에서 사계절 아름답게 변하는 숲을 바라보며 가족들은 행복해했다. 봄이면 겨우내 움츠렸던 나무들이 기지개를 켰고 산새들이 지저귀는 소리에 상쾌한 아침을 맞았다. 녹음이 우거진 한여름에 시원한 산바람을 맞으며 잠자리에 들면 맑은 물 흐르는 소리가 운치를 더해 주었고, 가을 햇살에 물드는 단풍은 또 얼마나 아름다운지 주님께 감사의 기도를 드렸다. 거기다 눈꽃이 내려앉은 겨울 설경은 또 얼마나 아름다운지 모두들 창밖을 보며 감탄했다. 비록 작은 집이지만 자연이 주는 아름다움에 소박한 꿈을 키우며 우리는 이 집을 별장이라고 했다.

어느 무더운 여름날 저녁 뉴스를 보니, 휴가철을 맞아 고속도로는 불볕더위에 주차장을 방불케 하는 행렬이 이어졌고 휴가지에는 곳곳마다 피서객들로 넘쳐나고 있었다. 그 뉴스를 보고 가족들이 여름휴가를 그냥 우리 집에서 시원하게 보내자고 했다. 어디를 가도 이만한 곳이 없을 것 같아서였다. 그렇게 내린 결정은 탁월한 선택이었다. 우선 휴가비가 들지 않아 좋았다. 풍성한 과일을 마음껏 사먹고, 영화를 보러 다니고, 서점에 가서 책도 사보고, 쇼핑가서 집에 꾸밀 것들을 사고, 탁구도 쳤다. 온 가족이 함께 다니며 휴가를 보내는 내내 웃음소리가 끊이지 않았다.

휴가가 끝나는 마지막 날, 남편 친구들에게서 전화가 왔다. 그들은 우리가 휴가를 안 가고 집에서 보냈다고 하니 "왜 휴가를 안 갔냐? 휴가비가 없어서 그러냐?"며 다들 의아해했다. 그들은 우리가 집이 너무 시원해서 한여름에도 이불을 덮고 자는 집에 산다고 하니 '에이, 그런 집이 어디 있냐?'고 하면서 믿으려고 하질 않았다. 남편이 전화를 끊고 창밖을 보며 담배 연기를 길게 품어내는 모습에 그 좋던 기분이 왠지 씁쓸해졌다.

이 글을 MBC 여성시대에 별 기대 없이 보냈는데 채택돼서 손숙, 봉두완 씨가 읽고 온 국민이 이런 사람을 본받아야 한다는 칭찬을 했다며, 지인들이 방송을 듣고 전해주었다. 그 후로 몇 번 보낸 글이 채택되자 그이가 방송국에 보내서 채택된 글들을 전부 모아놓으라고 했다.

노트를 몇 권 들춰 보다가 몇 해 전 여름에 써놓은 글도 보게 되었다.

비에 젖은 미시령

너무나 아름다웠다. 태고적 신비가 이러했을까? 저만치 산허리에 걸쳐 있는 구름도 그렇고 병풍처럼 둘러있는 아름다운 산과 계곡을 타고 빠르게 흘러가는 물살에도 넋을 빼앗기는 것만 같다. 벅차고 설레는 마음, 비에 젖은 8월의 미시령은 한 폭의 그림으로도 형용할 수 없는 너무 아름다운 장관이었다.

아쉬움을 뒤로 하고 속초에 있는 콘도로 향했다. 미리 도착해 있는 강호식 씨 부부, 김충희 씨 부부와 합류했다. 남편의 대학 동창들이다 보니 여자들도 자연스레 친구가 되었다. 오는 길에 사 온 싱싱한 광어회와 미역에 서덜과 대합을 넣어 톡톡하게 끓인 국 한 그릇씩과 각자 만들어온 밑반찬이 차려졌고, 내가 가져간 김치가 인기여서 술안주로도 김치만 먹는 진풍경에 모두 웃었다.

엄청나게 쏟아지는 빗속에 갇혀 남편들이 화투를 쳤는데, 돈을 따면 자기 아내를 불러서 나눠주곤 했다. 그때 강호식 씨 부인이 남편이 부르는 소리에 일어서며 "몇 번 부르셨어요?"라고 해서 큰 웃음을 주었다.

고스톱 멤버가 바뀌었는데 화투를 못 치는 나는 옆에서 조용히 구경하다가 콘도 지하에 있는 오락실에 가려고 일어났다. 남편에게 가서 귓속말을 하니 그이가 바로 따라나섰다. 친구들이 놀리는 소리도 아랑곳하지 않고 오락실 앞까지 따라온 남편이 막상 안으로 들어서려고 하니 머쓱한 표정을 지었다. 남편의 손을 잡고 장난스럽게 최면을 걸듯 말했다.

"우리는 지금 20살입니다. 이제부터 신나게 노는 거예요."

남편이 웃으면서 따라주었다.

대형 화면에 시원한 바다가 펼쳐졌는데, 보트가 속도를 내서 파도를 헤치고 장애물을 피해 가며 달리는 시뮬레이션 게임을 했다.

후덥지근한 8월의 더위도 날려버릴 만큼 신나는 게임이었다. 운전을 잘못하면 보트가 물속으로 가라앉았다가 다시 올라오는데 나는 다른 사람이 하는 것을 봐 두었기에 순간 점프를 잘해서 점수가 많이 올라갔다. 야호! 마음만은 풋풋했다.

남편을 위해 자동차 운전도 했다. 우중에 답답했던 마음이 활짝 트이는 기분이었다. 남편이 열심히 운전하는 모습을 보니 덩달아 즐거웠다. 오락실에는 우리와 비슷한 사람들이 더러 있었다.

일행은 이튿날 아침에 설악산으로 가서 권금성 정상에 오르는 케이블카를 탔는데, 우중이라 안개 때문에 아무것도 보이지 않아 안타까웠다. 안개 속에 장엄한 설악산의 우뚝 솟은 바위와 대자연의 신비며 그 웅장함이 가려져 아쉬움을 남겼다.

남편이 산 아래서 사 온 우비를 노란색과 보라색으로 나눠서 입고 다녔는데 비디오에 담긴 모습이 꼭 어린이 프로에 나오는 버섯돌이 같았다.

우리는 다음으로 낙산 해수욕장을 찾았다. 장마 통에 바다는 이미 흙탕물로 변해있었고, 성난 파도만 넘실거렸다. 아쉬움을 남기고 다음으로 찾아간 곳이 주변의 맛집인데, 그곳에는 손님들이 얼마나 많던지 종업원들이 미처 주문을 다 받지 못하고 있었다. 우리가 아무리 불러도 오지 않던 종업원이 한참 지나서 우리에게 왔는데, 강호식 씨가 "이 바쁜데 우리까지 와서 미안해요."라고 하는 바람에 한바탕 웃었다. 종업원 아가씨가 서빙 하면서 김충희 씨를 보고 "이 아저씨 진짜 잘 생겼다."라고 하니 사람 좋은 강호식 씨가 그 말에 느닷없이 "이 사람 포르노 배웁니다."라고 해서 또 얼마나 웃었는지. 넉넉한 인간성에 유머가 많은 강호식 씨는 어디를 가나 큰 웃음을 주었다.

이틀 동안 같이 다니며 즐거운 시간을 보냈고, 3일째 되는 날 헤어져 우리 부부는 한계령으로 넘어오는데 이곳은 미시령보다 더 아름다웠다. 비에 젖은 한계령은 휴가를 떠난 사람이 적어서인지 길도 한적했다. 자동차 창문을 모두 열어놓고 구불구불한 산길을 달렸다. 우리나라에 이런 명산이 있다는 것에 무한한 감사를 보냈다.

"와아! 멋있다."

감탄을 연발하며 "야호!" 하고 소리도 질러 보았다. 우리 앞의 차들도 끝없이 펼쳐지는 절경에 취한 듯 천천히 가고 있었다. 양희은의 한계령 노래가 절로 나왔다. 남편은 그 노래가 참 좋다고 하더니 "구름도 울고 넘는"으로 시작해서 울고 넘는 박달재를 불러 한참을 같이 웃었다.

"오! 아름다운 한계령이여 내가 다시 올 때까지 부디 잘 있거라, 안녕!"

연신 떠들어대는 내 말에 남편이 덩달아 웃으며 즐거워했다.

8월 15일, 관악산에서

싱그러움이 물씬 풍기는 이 아침에 남편과 녹음이 우거진 숲속으로 난 작은 길을 걸으며 나는 행복을 느낀다. 휴일이면 어김없이 찾는 이 길은 언제 와 봐도 참 좋다. 아직은 이른 아침이라 어쩌다 등산객 한두 명이 지나갈 뿐이고, 조용한 숲속에서 우리를 맞아 주는 산새 소리도 정답다. 흐르는 계곡물은 얼마 전 비에 말끔히 씻겨 바닥에 깔린 모래가 투명하게 보였다.

남편이랑 나누어 마시는 약수터의 물맛은 또 얼마나 좋은지, 작은 것에도 감사하며 넉넉한 마음으로 욕심 없이 살아가고 싶다. 언제부터인가 우리는 서로에게 길들여져 익숙해졌고 편안함을 느끼는 중년의 나이가 되었다. 사랑한다는 말이 없어도 서로를 지극히 위하고 따뜻하게 보살피니 이것이 바로 사랑이라고 생각했던… 글들을 보며 자괴감이 들었다.

의지가 되어준 지수 언니

"어떻게 지내? 생각나서 전화했어. 별일 없지?"

"덕분에 잘 지내고 있어요. 그러잖아도 남편이 언니랑 식사 한번 하자고 했어요. 언니 시간 되는 날 알려줘요."

"나 다음 주 월요일에 그쪽 화실에 가는데 그때 만날까?"

"와아! 잘 됐네. 여기 괜찮은 집 있는데 예약해 놓을게요."

"그래, 알았어. 그쪽에 가서 전화할게."

"그럼 언니, 그때 만나요."

지수 언니랑 윤이는 친자매 이상으로 서로에 대한 마음이 애틋했다.

지수 언니와의 인연은, 남편이 쓰레기를 버리러 내려갔다가 아파트 1층에서 직장 선배 하영우 씨를 만나면서부터다. 얼마 전에 같은 동 13층으로 이사를 왔다는 선배 내외는 인품이 훌륭하고 다정다감해서 윤이 부부가 잘 따랐고 형님 아우하며 지내는 사이가 됐다. 부지런하고 젠틀한 선배 덕분에 주말이면 두 부부가 여행을 떠나고 눈꽃 산행도 하고, 음식솜씨가 좋은 맛집을 찾아다니며 추억에 남을 좋은 시간을 많이 가졌다.

사람 좋은 선배는 운전대를 잡으면 자동으로 노래를 한다며 늘 웃음을 주었다. 6월의 화창한 어느 날 두 부부가 한차를 타고 서울 근교에 있는 허브 농장을 가는데 역시나 선배가 운전하며 노래를 불렀다.

"그럼 다음 순서는 한상우 씨로 하겠습니다."

뒷좌석에 앉은 아내들이 흥을 돋우었고 화답한다며 듀엣으로 패티 김 씨의 무인도를 미친 고음으로 열창했다.

수지 언니랑 윤이는 죽이 잘 맞아 깜짝 데뷔를 멋지게 했다며 깔깔대고 웃다가 윤이가 "앵무새 온몸으로 울었다."고 익살을 부려 또 웃음이 팡 터졌다.

허브 농장에 도착하니 강남에 사는 부부 두 팀이 먼저 와서 있다가 반갑게 맞아주었다. 초여름에 산들거리는 바람을 타고 허브 향이 진하게 퍼지는 숲속에 들어서니 심신이 맑아지는 상쾌한 기분이었다. 안내를 받으며 꽃향기 가득한 허브농장을 남자들이 앞서고 그 뒤를 따라 여자들이 걸으며 수다를 떨었다. 농장에 심어놓은 다양한 종류의 허브가 그녀들을 반겨주었다. 로즈메리, 세이지, 라벤더, 페퍼민트, 레몬밤, 박하, 캐모마일 등의 잎을 손으로 톡톡 건드려 향을 맡아보는 그녀들의 모습을 선배가 와서 사진을 여러 컷 찍어주었다. 각자 좋아하는 화분을 하나씩 샀다. 샵에서 윤이는 허브로 만든 비누와 캔들을 가족과 친구들에게 주려고 사고 있는데, 강남의 철이 엄마가 그녀에게 분홍색 꽃 비누를 선물로 주었다. 화사한 꽃도 예쁘고 허브향이 너무 좋아 그냥 비누로 쓰기엔 아까울 것 같은 선물을 받고 윤이도 예쁜 캔들을 선물로 주었다.

샵에서 나온 그녀들의 고운 얼굴에 햇살이 환하게 비추었다.

성격이 밝은 강남의 철이 엄마가 장난을 했다.

"우리 형님 사당동 가더니 헤어스타일이 이상해졌네. 둘 다 똑같아. 사당동 머리야. 호호호."

강남의 단골 미용실에 오라고 철이 엄마가 그렇게나 말해도 귓전으로만 듣고 말았던 사당동 팀들이 서로 쳐다보고 웃었다. 성격이 좋고 분위기를 주도하는 사당동 여인들이 언덕에서 불어오는 바람을 맞으며 카펜터즈의 '탑 오브 더 월드'를 불렀다. 진한 허브 향이 퍼지는 넓은 들판에서 윤이가 두 팔을 들고 경쾌하게 리듬을 탔다. 이들이 추임새를 넣으며 노는 모습을 보고 철이 엄마가 말했다.

"사당동이 인제 보니 우리하곤 차원이 다르네. 너무 세련되게 놀아서 같이 못 놀겠다."

"우와! 윤이 씨 머리가 바람에 날려서 환상적이다."

이렇게 장난치고 놀다가 눈도 즐거운 허브꽃 비빔밥을 맛있게 먹고, 자연 속에서 휴식을 취하며 마사지도 받던 그날은 그리운 추억이 됐다.

지수 언니는 남편을 위해 요리를 배웠고, 남편이 좋아해서 붓글씨와 그림을 그렸냐고 했다. 모든 것을 남편에게 맞추며 욕심 없이 살아가던 그녀에게 어느 날 뜻밖의 불행이 닥쳤다. 선배가 사고로 돌아가셨기 때문이다. 그 비보는 모두에게 큰 슬픔이었다. 지수 언니는 그 충격에서 헤어나지 못해 식음 전폐하고 몸져누웠고 매일 울기만 했다. 그녀에게는 어떤 말로도 위로가 되지 않았다. 문밖에도 나가지 않고 집 안에만 웅크리고 있는 지수 언니를 보다 못한 윤이가 목욕탕 한 달 이용권을 끊어 주었는데 역시나 목욕탕만 겨우 다녀오는 모습에 안타깝기만 했다. 윤이가 수시로 찾아가 장난치고 웃기며 말동무가 돼주었다.

"언니! 어떤 사람이 비아그라를 먹었는데 정작 필요한 곳은 아무 감각이 없고 얼굴이 이만해졌대. 왜 그랬을까요? 언니가 맞춰봐."

"몰라. 왜 그랬는데?"

"얼굴이 좆같이 생겨서 그렇대요."

그 말에 그렇게 울기만 하던 지수 언니가 웃음이 터져 둘이서 깔깔대고 웃었다.

"언니! 남편이 생전에 잘못한 거 있으면 그 생각하고 이젠 마음에서 내려놓아요. 그래야 편하게 먼 길 가시지."

"우리 남편은 사람들하고 어디 좋은 데서 식사를 하면, 나를 꼭 그 집으로 데려가는 사람이었어."

"세상에나, 그럼 부부싸움은?"

"우리 남편 성격 잘 알잖아. 밖에서도 그렇지만 날 너무 잘 챙겨 주는 사람이었어. 유머가 많아서 항상 웃고 살았지. 싸울 일이 없었어. 아이들 땜에 몇 번 싫은 소리 한 적은 있지… 이 사진 좀 봐. 나를 이렇게 꽃밭에다 세워놓고 '꽃보다 더 예쁜 당신'이라며 찍어준 거야."

"언니는 지금까지 남편하고 살아온 추억만으로도 남은 생을 살 수 있겠다. 주변에 보면 본인이 나가서 돈을 벌어야 하는 사람도 있고 남편이랑 지지고 볶으며 사는 사람, 바람피워서 속 썩이는 사람 등 별사람이 다 있는데 거기에 비하면 언니는 지금까지 남부러울 것 없이 행복하게 잘 살아온 복 받은 사람이야. 언젠가는 우리도 갈 사람들인데 너무 마음 아파하지 말아요. 이러다 병나면 정말 큰일 나요. 자식들 생각도 해야지."

그로부터 두어 달쯤 지나 지수 언니가 절에 가서 백일기도를 하고 붓을 잡고 서예도 하고 화실에서 그림을 그리며 예전과 같은 생활을 시작했다. 학처럼 선비처럼 살아가는 언니의 단정한 모습이 참 고왔다. 그렇게 몇 해가 지났는데 어느 날 같이 식사를 하던 지수 언니가 갑자기 집을 팔고 서울대 앞으로 이사를 간다고 했다.

그 말에 윤이가 울컥했다. 지수 언니랑 정이 많이 들어서 헤어지기가 너무 싫었다.

지수 언니가 이사를 가고 어느새 5년이나 지났다. 자주 만나지는 못해도 이따금 연락하고 지내던 언니에게 윤이가 늦은 저녁 시간에 전화를 했다.

"언니, 남편한테 여자가 있어요. 나 지금 너무 힘들고 정신을 차릴 수가 없어요."

지수 언니는 울면서 하소연하는 윤이를 다독이며 이 전화 끊고 집으로 바로 오라고 했다.

"지금 속 끓이고 있지 말고 무조건 우리 집으로 와. 아무 생각 말고 여기 와서 며칠 있어."

그날 밤 윤이는 지수 언니가 시키는 대로 무작정 그녀의 집으로 달려갔다. 언니가 너무 고맙고 큰 의지가 됐다. 그녀는 윤이가 와서 편히 쉴 수 있도록 잠자리랑 두루 신경 써서 불편함이 없도록 해 놓았다. 식사도 끼니마다 밥을 새로 짓고, 반찬도 신경 써서 이것저것 차려주고 관악산을 데리고 다니며 운동을 시켰다. 사흘째 되는 날, 언덕 위에 있는 그녀의 아파트로 힘들게 오르던 윤이가 말했다.

"언니, 이 길이 순례길이 돼서 많은 사람이 올 거예요."

중년의 나이에 이런 일을 겪으니 허탈해서 괜한 장난을 했다. 인생이 무엇인지, 좌절과 후회가 밀려왔다. '감정에 부딪히지 않고 극복할 수 있는 힘을 주소서.' 마음속으로 기도하며 눈물을 삼키는 아우를 말없이 지켜보던 지수 언니가 고개를 숙였다.

며칠 꺼놓았던 핸드폰을 켜니 전화가 수십 통 들어와 있었다. 그동안 집에서는 난리가 났다. 한 번도 집을 나간 적이 없던 아내가 사흘 동안이나 집을 나가 있으니 상우가 울면서 사방으로 연락을 하고 애타게 찾고 있었다.

"지금 어디에 있는지 제발 연락 좀 줘."

"내가 다 잘못했어. 앞으론 시키는 대로 뭐든 다 할게. 제발 전화 좀 받아."

"내가 죽는다. 빨리 와."

"도대체 어디 있는 거야? 아이들도 엄마가 어디 있는지 모른다 하고. 내가 이렇게 매일 울고 있어. 얼른 와."

"엄마! 아빠가 걱정 많이 해. 이러다 아빠 병나겠어. 아빠한테 전화 좀 해."

'지수 언니가 나 때문에 아무 일도 못하는 것을 보니 미안해서 더는 안 되겠다. 어떡하지?'

"언니, 나 이쪽에다 집 알아보고 여기서 살까? 정말 집에 들어가기 싫어."

"그래도 잘못했다고 빌 때 들어가. 아무리 보기 싫어도 남편이 없는 것보단 있는 게 나은 거야. 그런데 이번에 들어갈 때 반드시 각서 받고 공증까지 받아 놔."

지수 언니는 언제 그런 생각까지 했는지 요구조건을 침착하게 하나하나 명시해 주었다. 기운을 잃은 윤이의 눈에서 눈물이 주르륵 흘렸다. 살뜰히 보살펴주는 지수 언니가 얼마나 의지가 되고 힘이 되는지 표현을 못 할 만큼 고마웠다.

"나 언니 영원히 잊지 못할 거예요. 정말 고마워요.

상우가 각서를 재작성 해주었다.

각서

1. 나는 가정을 충실히 지킬 것을 맹세한다.

2. 한상우 본인의 반듯하지 못한 처신과 구겨진 성격으로 크고 작은 상처를 아내에게 준 것에 대한 책임을 통감한다.

3. 이 가정과 아이들, 못난 남편을 불평 없이 잘 관리하여 남편은 가진 역량보다 훨씬 더 크게 성장하였고, 자식들도 명문대학 나와 훌륭한 사회인이 될 수 있도록 뒷바라지해준 아내에게 존경과 깊은 감사를 드린다.

4. 앞으로 외도는 물론 위와 같은 일이 발생하면 모든 재산을 아내에게 주고 집을 나가겠다.(객관적 증명 가능한 것)

5. 상기 기재된 모든 것을 한상우의 불찰로 인정하고 앞으론 이런 불미스러운 일이 절대로 일어나지 않도록 각별히 신경 써서 아내가 원하는 것을 들어주고 죽는 날까지 행복한 가정을 이룰 것을 굳게 맹세한다.

6. 기한은 우리의 생명이 다하는 그날까지로 무기한이며, 한상우 본인은 상기 약속을 지키지 못할 경우에는 어떠한 법적 조치도 감수하겠음을 서약한다.

후회

그 와중에도 휴일만 되면 상간녀인 이현애와 이은희, 유장원 그 무리들이 끊임없이 전화로 불러내고 있었다. 상우가 전화를 받지 않아도, 반응이 없어도 그들은 계속해서 전화를 해댔다. 상우가 스피커로 들려주었다. 도가 넘는 그들의 수작을 더는 두고 볼 수 없었던 윤이가 작심을 하고 남편 핸드폰에 들어있는 유장원의 집으로 이른 아침에 전화를 했다. 저쪽에서 부인이 수화기를 들고 여보세요 하는 소리에 윤이가 여보세요 하는데, 저쪽에서 수화기를 뺏었는지 바로 끊겼다. 윤이가 다시 전화를 해도 저쪽에서 받지 않았다. 그렇게 하기를 몇 번 반복하던 윤이가 수화기를 내려놓았다.

사실 윤이는 유장원의 부인이 남편의 불륜 사실을 알고 상처받을까 봐 처음부터 그런 전화를 할 생각이 없었다. 그런데 그 무리가 끊임없이 상우에게 전화를 해대니 윤이가 더는 참지 못해 취한 행동이었다. 너무 징그럽고 소름 끼치는 음란마귀들이 모두가 지옥에나 갔으면 좋겠다는 생각뿐이었다. 이 무서운 악몽을 지워버릴 수만 있다면… 남편하고 살아온 날들을 컴퓨터에서 포맷하듯 모두 지워버리고 싶은 마음이 간절했다.

세상을 아름답게 바라보는 눈과 온유한 마음으로 매사에 감사하며 사랑하는 마음으로 살아왔던 윤이가 문득 지나온 세월을 돌아보니, 걸어온 발자국마다 아프게 느껴졌다. 남편과 함께 행복하게 지냈던 시간도 모두 부정적으로 보였기 때문이다.

예전에 어머니는 윤이가 세상을 살면서 행여라도 길을 잘못 들세라 이런 말씀을 하셨다.

"행주는 걸레가 되면 다시 행주가 될 수 없다."

지금 생각해 보면 그 말은 여자에게만 해당하는 것이 아니라 남자에게도 해당한다는 것을 깨달았다. 남편에게 부정적인 생각이 들어도 아닐 거라고 고개를 흔들었던 윤이가 남편하고 같이 살아온 세월을 돌아보니 모두가 고통이었다. 한번 추락한 남편의 신뢰는 전처럼 회복되기가 쉽지 않았고, 어딘가에 불결한 그림자가 따라다녔다.

남편을 원망하며 세상을 다 잃어버린 것 같은 고통에서 헤어나지 못하는 아내를 보며 상우가 "내 모든 것을 걸고 회복시키겠다."고 거듭 맹세를 했다.

2월 28일, 엊저녁부터 시작된 비가 종일 온다.

차를 몰고 운동하러 가는데 라디오에서 슈베르트 소나타 아르페지오네 D821이 흘러나왔다. 빠져드는 첼로의 선율에 어쩌다 잃어버린 소중한 추억들이 하나둘 떠올랐다.

윤이는 그 옛날에 강현수를 생각하며 글을 쓰기 시작했다. 그때
는 너무 어려서 그의 고백을 장난으로만 받았던 윤이가 추억 속의
따뜻한 이야기들을 워드로 쳐 내려가며 마음속의 응어리들을 풀어
내는 작업이었다.

Ⅱ. 시간 여행

대둔산의 추억

어느 기분 좋은 초여름이었다.

일요일 아침, 배낭을 메고 대학 동기인 김정자와 함께 충남에 있는 대둔산으로 향했다. 배낭이 조금 무거웠지만, 정자가 받아서 메고 가는 바람에 윤이는 가벼운 차림이었다.

숲이 울창한 대둔산의 6월은 싱그러웠고, 22살 동갑내기들의 마음은 마냥 들떠 있었다. 한낮에 나뭇가지 사이로 길게 들어오는 햇살을 받으며 초행길에 나선 그녀들은 저만치 앞서가는 사람들을 따

102

라 걸었다. 둘은 재잘거리다가 마주 보고 까르르 웃음을 터트리곤 했다. 등산로 입구를 지나서 부지런히 걸어가는데, 조금 떨어진 뒤쪽에서 청년들이 따라오며 말을 걸었다.

"저기요! 앞에 가시는 두 분, 여자 두 분이 등산 오신 거예요? 저희도 남자 둘이 왔는데 같이 가지 않으실래요?"

윤이와 정자는 낯선 청년들의 갑작스런 접근에 정색을 하며 딱 잘라 말했다.

"아뇨. 됐어요."

그녀들은 일부러 속도를 늦추다가 갈림길에서 그들을 피해 다른 길로 들어섰다. 사람들이 드나든 흔적을 따라 걷다 보니 오르막이 나왔다. 성격이 밝고 유머 감각이 있는 정자랑 윤이는 죽이 잘 맞아 말장난을 주고받으며 연신 웃음을 터트렸다. 정자가 회사에 새로 입사한 직원이 어떻더라는 등의 이야기를 시작으로 그동안 못다 한 이야기들을 끊임없이 나누며 힘든 줄도 모르고 바위산을 올랐다.

어딘지도 모르고 길을 따라 계속해서 올라가다 정신을 차려 보니 여긴 어디쯤일까? 점점 경사가 심해졌다. 그제야 뒤를 돌아봤는데 아뿔싸, 내려가는 길은 더 험난했다. 이제는 위험해서 내려갈 수도 없게 되었다. 내심 겁이 많이 났지만, 윤이랑 정자는 '설마, 길이 있겠지.' 하는 마음으로 말장난을 계속했다. 이런 상황에서도 어떻게 그런 용기를 낼 수 있었는지 둘은 웃음을 잃지 않았고 서로를 안심시키려 했다.

그렇게 돌산을 엉금엉금 기면서 올라갔는데 산세는 갈수록 험해지더니 얼마 못 가서 커다란 바위가 앞을 딱 가로막았다. 막다른 길이었다. 막막하고 너무 무서웠다. 혹시 다른 길이라도 있는가 하고 사방을 둘러봤지만 어디에도 길이 보이지 않는, 그야말로 진퇴양난이었다. 그런 와중에 정자가 "어머, 저기 천 원짜리 떨어졌다."고 해서 윤이가 장난인 줄 알고 가볍게 말했다.

"그래, 나중에 커피 사 먹자."

그런데 정말 누군가가 떨어뜨린 돈이 있었다. 사람들이 다닌 흔적으로 보아 이 길은 쟈일 코스였던 모양이다. 난감했다. 서로에게 겁먹은 표정을 보이지 않으려고 했지만, 막다른 길에서 어떻게 해야 할지 그저 막연할 뿐이었다. 방법이 없어서 궁리하고 있는데, 조금 있으니 사람들이 올라와 떠드는 소리가 위에서 연이어 들려왔다.

"아! 시원하다."

"이야! 진짜 시원하다!"

"경치가 끝내준다."

사람들 소리가 점점 더 크게 들려왔다. 바로 위가 정상인 것 같았다. 그 절박한 순간에 사람들 소리를 들으니 '이제는 무슨 방법이 있겠지.' 하는 안도로 서로의 얼굴에 밝은 빛이 돌았다. 그러나 시간은 오후 4시가 넘어 하산할 시간인데 비라도 올 듯 찌푸린 하늘을 보니 마음이 조급해졌다. 윤이랑 정자는 누가 먼저라고 할 것 없이 용기를 내서 한목소리로 외쳤다.

"살려 주세요. 뽀빠이!"

곧 죽어도 자존심이었다. 위에서 바람을 맞으며 쉬고 있던 사람들이 이 난데없는 소리에 놀라서 웅성거렸다.

"어, 이게 무슨 소리야?"

"어디서 나는 소리지?"

정자가 초조한 마음을 누르고 침착하게 설명하기 시작했다.

"지금 우리는 아저씨들이 계시는 바위 바로 밑에 있어요. 이 바위를 우리가 마주 보고 서면 오른쪽으로 구름다리가 보여요. 혹시 밧줄이나 삽이라도 있으면 좀 내려주세요."

그때 위쪽에서 한 남자가 큰소리로 물어왔다.

"그 아래 몇 명 있어요?"

둘은 그 위기 속에서도 이렇게 외쳤다.

"예쁘고 날씬한 아가씨 두 사람이에요!"

조금 있으니 한 청년이 그 험난하고 아찔한 절벽을 거침없이 내려오고 있었다. 둘은 마음 졸이며 그를 지켜보고 있는데 청년이 한참을 내려오다 더는 내려오지 못하고 한길 머리 위에서 큰 나무를 끌어안고 불쑥 다리를 하나 내려주었다. 윤이는 그 순간에 정자를 먼저 올라가라고 했다. 그러자 정자가 아니라며 윤이를 먼저 올라가라고 했는데 윤이는 서두르지 않고 침착하게 정자를 앞세우며 말했다.

"네가 내 배낭까지 메고 있으니까 일단 먼저 올라가. 그 다음은 쉬울 거야."

그렇게 해서 정자는 청년의 다리를 두 손으로 붙잡고 밑에서 윤이가 손으로 발을 받쳐주는 것에 의지해 생각보다 쉽게 위로 올라갔다. 윤이는 그때까지만 해도 침착하게 잘하고 있었는데 막상 차례가 되니 갑자기 현기증이 났다. 한 걸음도 뗄 수가 없었고 온통 두려움으로 바위에 몸을 기댄 채 떨고 있었다. 아래는 벼랑이고 위는 한길이나 되니 자신도 없었고, 온몸에서 힘이 빠져나가는 것 같았다.

이런 윤이를 보고 위에서 청년이 큰소리로 "괜찮아요. 걱정하지 마세요!"라고 외치며 그 아슬아슬한 곳을 조금 더 내려왔다. 그렇게 윤이 머리 위까지 내려온 청년이 손을 뻗으며 자기 손을 잡으라고 했다. 하지만 윤이는 청년의 손을 잡고 올라갈 자신이 없어서 바위에 붙어선 채로 여전히 고개를 들지 못하고 있었다. 손에 그만한 힘이 없을 것 같은 불안감으로 등에 식은땀만 흘렀다. 청년은 그런 윤이를 안심시키며 침착하게 말했다.

"아무 걱정하지 말고 나를 믿으세요. 자, 내 손목을 잡으세요."

윤이는 시키는 대로 청년의 손목을 잡으면서도 의아스러운 마음을 떨굴 수가 없었다. 그러자 청년이 한 손은 머리 위의 어딘가를 붙잡고 한 손은 윤이 손목을 맞잡으면서 말했다.

"이렇게 손목을 마주 잡으면 손목에서 미끄러져도 다시 손에서 잡혀요."

그 말을 들은 윤이는 그제야 청년에게 신뢰가 가서 처음으로 그를 올려다보았다. 그런데 그곳엔 지금까지 상상도 하지 못했던 아주 준수한 용모의 청년이 환하게 웃으며 윤이를 내려다보고 있었다. 그 순간 이상하게도 마음이 편안해졌다. 두려움이 걷히고 용기가 생겼다. 청년이 곧바로 손목을 당겨 윤이를 끌어올렸다. 얼떨결에 허공에 들린 윤이는 놀라서 발을 바위틈 어딘가에 빠르게 내디뎠다. 그러자 청년이 "옳지!" 하며 마치 어린아이 다루듯 해서 우스웠다. 마음이 안정됐다.

그 아찔하고 가파른 바위 위로 체중이 $50kg$이나 되는 아가씨를, 한 손으로 번쩍 들어 올렸다는 것이 정말 꿈만 같았다. 그렇게 험악하고 길도 없는 바위뿐인 돌산을 청년이 뒤에서 안전하게 받쳐주는 것에 의지해 조심조심히 올라갔다. 그때까지도 윤이는 그 험한 산을 어떻게 올라가고 있는지 정신을 가다듬기가 힘들었다.

얼마를 더 갔을까? 넓은 바위가 나오고 정상으로 올라가는 길이 보였다. 앞서 걸어가던 윤이가 긴장이 풀려 평평하고 넓은 바위를 지나가다 맥없이 주저앉았다. 뒤에서 말없이 따라오던 청년이 떨고 있는 윤이를 등 뒤에 와서 가만히 안아주었다. 윤이는 수줍고 가슴이 뛰어 뒤도 돌아보지 않고 도망치듯 앞으로 난 길로 부지런히 걸어 올라갔다. 그렇게 정상에 올라가니 그곳에는 몰려든 구경꾼들이 산을 에워싸고 이 광경을 지켜보고 있다가 일제히 환호해주었다.

"야아, 예쁘다."

"아까보다 더 예쁘다!"

그들은 시선을 사로잡는 윤이의 청순한 모습에 박수를 치며 열렬히 환영해주었다. 그런데 그때 갑자기 어디선가 후다닥 뛰는 소리가 났다. 소리가 나는 쪽으로 돌아보니 한 아가씨가 길도 아닌 저쪽 가파른 절벽으로 달려가서 철 계단을 정신없이 오르는 것이 보였다. 느낌이 이상해서 주위를 둘러보니 저쪽 편에 그 늠름하고 준수한 청년이 서 있었다. 청년이 이쪽에 서 있는 윤이와 정자를 한번 돌아보고는 휙 몸을 날려 저만치 앞서가고 있는 아가씨를 따라 가파른 절벽을 타고 순식간에 올라갔다.

둘은 이 갑작스런 일에 우두커니 서서 그들을 지켜보고 있을 수밖에 없었다. 미처 고맙다는 인사도 못 해서 그들이 험준한 바위 저 꼭대기로 올라가 더는 보이지 않을 때까지 그 자리에 서 있다가 하산을 결정하고 그 자리를 떴다.

빗방울이 후드득 떨어지는가 했는데 산 저편에서 비바람이 몰려와 윤이 모자를 저 산골짜기 밑으로 날려버렸다. 구경꾼 중에서 한 청년이 가파른 산길을 후다닥 뛰어 내려가 모자를 주워 왔다. 청년이 윤이에게 모자를 주며 손을 잡아주려고 하는 것을 괜찮다 하니 무안했는지 삼대독자 외아들 다치겠다며 일행들이 있는 곳으로 뛰어갔다.

그녀들은 다시 산길을 터벅터벅 걸었다.

"나는 그 사람 다리 붙잡고 올라갔다!"

정자가 크게 외치며 말꼬리를 올렸다. 윤이도 덩달아 흉내를 냈다.

"나는 그 사람 손목 잡고 올라갔다!"

어둠이 내리는 산골짜기에서 그 용감하고 멋진 청년을 떠올리며 장난치는 이 아가씨들의 웃음소리가 메아리쳤다. 산등성이를 넘으며 윤이가 선창을 했다.

울적한 마음 달래려고 산길로 접어 섰더니
나는 깜짝 놀랐어요. 정말 멋있는 산 사나이
구두도 못 신고요. 의복은 낡았지만
맑고 고운 그 눈동자 정말 멋있는 산 사나이!

수채화처럼 아름다운 여운이 길게 남았다.

다시 만난 그 사람, 강현수

무난하게 대학을 졸업하고 대기업에 입사한 윤이는 첫날의 설레는 마음으로 출근을 서둘렀다.

사무실에 들어서며 그녀가 상냥하게 인사를 했다.

"안녕하세요? 김윤이입니다. 잘 부탁드립니다."

남자 직원 2명이 자리에서 일어나 신입인 윤이를 친절하게 맞아주었다. 출근 시간이 일러서 그런지 자리가 많이 비어있었다.

강현수 대리가 윤이를 자리로 안내하면서 조심스럽게 물어왔다.

"저 모르시겠어요? 대둔산에서 만났죠? 우리."

"아! 맞아요. 저도 지금 그렇게 생각하고 있었어요."

"와아! 어떻게 이런 일이 있죠? 하하, 진짜 대단한 인연이네요. 진심으로 환영합니다."

설마 했는데 정말 뜻밖이었다. 그때는 고맙다는 인사도 못 하고 헤어졌는데, 생명의 은인을 이렇게 다시 만나게 되다니… 상상도 못 했던 일이었다. 윤이는 너무 기뻤다. 그러다 문득 그때 여자 친구가 있었는데… 라는 생각을 하고 있을 때, 이런 윤이의 마음을 읽었는지 그가 먼저 입을 열었다. 동생으로만 생각하던 친구 동생이 모임에 따라와서 벌어진 일이라고 했다. 그는 윤이 또래의 여동생도 있다고 했다. 이런 인연으로 다시 만난 두 사람은 자연스럽게 가까워졌다. 그는 신입이 서툴고 익숙지 않은 일들을 옆에서 잘 가르쳐 주었고 많은 의지가 돼주었다.

강현수 대리는 성실하고 모범적인 사람으로 보였고 모든 일의 중심에서 팀을 이끌며 앞서가는 모습이 돋보였다. 그는 유머 감각이 있어서 늘 주위에 웃음을 주었고 거리감을 느끼지 않게 편하게 해주는 사람이었다. 특히 그는 윤이가 무슨 말을 하면 중간쯤 따라 하다 "으응?" 하며 말끝을 올리는 특유의 장난기가 있어서 매번 웃음을 터트리게 했다. 그런데 그게 요즘 웃기는 동영상에 그 소리가 나와 너무 절묘했다.

그는 윤이에게 멋진 사인을 만들어주었고, 그녀가 타이프를 치다가 "나는 글씨체가 안 좋아요."라고 하면, 천재는 악필이라며 자신감을 주었다.

어느 날은 윤이가 무언가를 끄적이다 버린 종이를 주어서 윤이 글씨체랑 똑같이 써놓고 보여주었다. 마침 그때 사무실에 들렀던 윤이 친구 희자에게 그가 그 종이를 펴 놓고 "여기서 윤이 씨 글씨를 한번 맞춰보세요."라고 했다. 윤이가 봐도 헷갈릴 정도였으니 희자도 쉽진 않을 것 같았다. 희자가 쉽게 생각했다가 헷갈리는지 한참을 이리저리 보다 하나 짚었는데 그건 바로 그가 써놓은 글씨였다. 그걸 보고 그가 큰 소리로 웃었다.

"애, 너 친구 맞니? 내 글씨는 이거야, ㅋ."

윤이의 핀잔에 희자가 고개를 갸우뚱했다.

강 대리는 이쪽은 돌아보지도 않고 하던 일을 계속했다. 하는 짓이 우스워 윤이가 그를 돌아보니 어깨를 으쓱해 보여 저절로 풋 하고 웃음이 터졌다.

그는 독수리 타법으로 밤을 새워가며 타이프를 쳐놓는 등 윤이가 좋아할 만한 일이면 스스로 찾아 다 해 놓았다. 그녀가 웃으면 힘이 들어도 행복했던 그의 마음을 알면서도 내색 못 했던 수줍음은 그와 일정한 거리를 두게 했다.

윤이는 그에게 오빠 이야기를 많이 들려줬다.

"나보다 아홉 살 위인 우리 오빠는 어릴 때부터 장난이 무척 심했어요. 나는 오빠 친구들하고 어울리며 자라서 지금도 오빠들한테 매달리며 장난치고 스스럼없이 지내요. 우리 오빠는 내가 어렸을 때 나를 안고 친구들하고 서커스 공연을 보러 가기도 했고, 교회도 데리고 다녔는데, 나는 그런 오빠들 앞에 수영복만 입고 나타나기도 했던 천진난만한 꼬마였어요. 오빠들은 나를 무척 귀여워했고 잘 데리고 놀았는데 툭하면 나보고 팔에 매달리라고 해서 번쩍 들어 올려 주었어요."

"우리 오빠는 다섯 살짜리 꼬마였던 내가 교회에서 배운 '날 사랑하는 우리 주 예수님!' 하고 뛰어다니는 것을 보고 '윤이야, 그거 그렇게 부르는 게 아니야. 오빠가 가르쳐 줄게. 자, 따라 해봐. 날 사랑하는 놈팽이!' 하고 가르쳐 줬어요. 어린 나는 놈팽이가 무슨 소린 줄도 모르고 그저 오빠가 가르쳐 준 대로 '날 사랑하는 놈팽이!' 하면서 신나게 온 집안을 뛰어다녔어요. 우리 가족들은 꼬맹이가 이리저리 뛰어다니며 하는 소리가 너무 웃겨서 '아니, 이게 무슨 소리야?' '세상에, 누가 가르쳐줬어?' 하면서 대폭소를 터트렸어요. 나보다 13년 위인 언니가 들려준 얘기예요.

그리고 오빠는 가족들이 경포대로 해수욕하러 갔을 때, 잠수해서 튜브 타고 노는 내 발을 잡아당기며 장난을 쳐 나는 하루 종일 울었어요. 그래도 오빠는 내게 둘도 없는 친구였어요."

그는 이런 이야기를 참 재미있게 들었다.

윤이는 그 후로도 시간이 나면 그에게 오빠에 관한 이야기와 가족들의 이야기를 잘 들려주었다.

"오빠는 내가 초등학교 다닐 때 이렇게 말했어요.

'윤이야! 너 이 잘 닦으면 오빠가 여자 친구 만나러 갈 때 데리고 갈게.' 그래서 나는 매일매일 열심히 이를 닦았어요. 그리고 반에서 1~2등을 도맡아 하던 언니, 오빠와는 달리 공부도 안 하고 놀기만 했던 나를 돌연변이라고 했는데, 오빠가 붙들고 가르쳐서 중1 때부터 영어랑 수학은 일등을 했어요. 대학교 1학년이 되어 첫 미팅을 나가게 됐을 때는 이렇게 당부했어요.

'오빠도 남자지만 남자는 도둑놈이다. 결혼 전까지 남자는 친구

로만 지내야 한다. 그리고 마음에 드는 사람이 있으면 이 오빠한테 먼저 보여주고 사귀어라.'

오빠는 대학교 때 삼총사로 지내던 친구들이 집에 오면 은근히 내 이야기를 했고, 오빠의 연애편지 속에도 내 이야기가 자주 들어 있었어요.

오빠는 어느 여름에 낮잠을 자는 내게 큰소리로 말했어요.

'야! 어떻게 파리가 얼굴에 똥을 싸도록 자고 있니? 너 얼른 일어나서 거울 좀 봐라.'

나는 또 오빠의 장난이려니 하면서도 그냥 한번 거울을 봤는데 아무리 봐도 파리똥은 없었어요. 그래서 자세히 거울을 들여다보니 엷게 생긴 주근깨 세 개가 눈에 띄었어요. 언니랑 오빠는 나를 보고 늘 '쟤는 얼굴이 참 깨끗해. 티도 없어.'라고 했었는데 언제 생겼는지 볼에 주근깨가 세 개나 몰려 있으니 그게 파리똥으로 보였던 거죠. 나는 웃음이 터졌어요.

'오빠! 이거 보고 그랬어? 이거 주근깨야.'

그때 나는 못난이 인형처럼 생긴 그 주근깨를 그저 재미있게 생각하고 있었어요. 그건 아마도 오빠의 낙천적인 성격을 닮아서 그랬던 것 같아요.

오빠는 고등학교 때 담임선생님 댁이 집에서 가까운 윗동네여서 출근길에 집 앞으로 지나시다가 '정수야! 학교 가자.' 하고 부르셨대요. 그러면 집 안에서는 아버지가 오빠 친군줄 알고 '정수 학교 갔다!' 하셨구요. 선생님은 그래서 '오늘은 이 녀석이 나보다 일찍 갔구나!' 하고 가셨는데, 오빠가 선생님보다 늦게 교실에 들어서니 '정수야! 너 아까 아버지가 학교 갔다 하시던데 어디 갔다 이제 오냐?' 하셨대요. 오빠는 그때 한옥인 우리 집 바깥쪽으로 난 화장실에서 큰일을 보고 있어서 선생님이 부르는 소리, 아버지가 대답하는 소리를 다 듣고 있었대요. 생각만 해도 웃겨요. 그 당시 오빠는 학교에서 회장도 맡았고, 활달한 성격이라 집으로 찾아오는 친구들이 많았거든요.

나는 어릴 때 엄마가 손수 만들어 주신 예쁜 앞치마를 하고 있을 때가 많았어요. 그런 모습으로 아침에 중학생인 오빠가 친구랑 집을 나서면 문밖에서 손을 흔들며 오빠를 배웅했어요. 그런데 하루는, 오빠가 손을 흔들어주며 저만치 가다가 갑자기 뒤돌아서서 나한테 '아줌마! 학교 다녀오겠습니다.' 하고 인사를 꾸벅했어요. 그러더니 오빠가 친구한테 '우리 아줌마다!' 하니까 친구가 '에이 거짓말! 진짜 아줌마 맞아요?'라고 하는 거예요. 내가 고개를 끄덕이니 오빠 친구도 덩달아 인사를 꾸벅했는데 나는 그들이 하는 짓을 보면서 조그만 손을 입가에 대고 웃었어요."

윤이는 그런 오빠가 좋았다. 오빠는 삼대독자 외아들로 떠받들리며 귀공자로 자랐다. 남들이 귀하게 여겨도 오만하지 않고 성격이 좋은 데다 유머 감각이 있었고, 반듯하게 생긴 외모는 주변 사람들에게 늘 인기였다. 오빠는 학교에서 돌아올 때면 매일 막내에게 줄 과자를 사 왔고, 수학여행을 다녀올 때면 특별히 윤이의 선물을 신경 써서 사다 주었다. 하지만 윤이는 언니가 받은 화장품 케이스가 더 예뻐 보여서 떼를 쓰며 오빠가 사 온 목걸이를 망가트렸다. 아버지랑 오빠는 그런 막내를 달래며 윤이가 망가트린 목걸이를 몰래 다시 붙여서 윤이 목에 걸어주고 예쁘다고 했다. 윤이가 버릇없이 굴며 떼를 써도 언니와 오빠는 동생에게 매사 너그러운 사람이었다. 조용한 성품의 어머니는 그런 윤이를 타이르듯 말씀하셨고, 그런 엄마 말을 순순히 잘 들었다.

곱상한 외모에 차분하고 지적인 언니가 등하교를 할 때면 남학생들이 따라오고 영문으로 쓴 연애편지가 집으로 배달되었다. 그 때문에 언니가 하교 후 집에 돌아올 시간이 되면 작은 고모네와 이모, 시골에서 올라와 3년째 같이 사는 사촌 언니네와 한옥 대가족들이 골목에 나가 쭉 늘어서서 언니를 기다렸다. 이 바람에 뒤꽁무니를 쫓는 남학생들은 언니 곁에 얼씬도 못 했다. 이런 지독한 감시 때문에 언니는 그 외모에 불쌍하게도 연애 한번을 제대로 못 했다.
중앙부처에서 근무하는 이종 오빠 친구가 언니를 따라다녔는데, 언니가 이래저래 싫다고 퇴짜를 놓았던 사람이 훗날 출세한 병원장이 되었다고 했고, 어떤 사람은 정치인이 됐다고 했다.

유난히 재롱이 많아 집안의 귀여움을 독차지했던 윤이를 언제나 챙겨주고 보살펴주던 맏이인 언니는 중앙여고를 졸업하고 대학 진학을 하지 못했다.

사촌 형부가 한집에 살 때였는데, 형부가 왜 그랬는지 굳이 아버지에게 여자가 공부 많이 하면 김활란 박사나 황신덕 중앙여고 교장처럼 독신으로 살게 된다며 대학을 절대로 보내면 안 된다고 얼마나 강조해서 말씀드렸는지 그것이 원인이었다.

옛날에는 그 말이 먹히던 때였는지 결국 아버지가 언니를 대학에 보내지 않았고, 그 바람에 언니는 몇 날 며칠을 울기만 했었다. 언니랑 늘 붙어 다니던 친구의 아버지는 이 사정을 알고 너무 안타까워서 이렇게 말씀하셨다. "내가 너 대학 나오기만 하면 교사를 시켜 줄게."라고 하셨지만 그대로 무산되고 말았다.

신당동에 있는 한옥은 중앙에 마당을 둔 ㄱ자 형태의 집으로 안채는 위, 아래에서 불을 넣어야 하는 큰방이 있고, 건넌방과 사랑방 그리고 골방이 하나 있었다. 그곳에는 윤이네 가족을 비롯한 아버지와 어머니의 친인척들이 여관처럼 이 방 저 방을 나눠 쓰고 있었는데, 골방에는 이모님과 이종 오빠가 살았고, 그 옆에 있는 방에는 큰고모와 고종 오빠가 살았다. 작은고모 내외분과 그 밑으로 다섯 자

녀는 건넌방과 유리문이 있는 마루로 나뉘어 대가족이 함께 살고
있었다.

어느 해에는 사촌 언니가 결혼해서 첫아이를 낳고 3년 동안 윤
이네 집에 와서 살았다. 그리고 윤이의 육촌 올케가 아기를 데리고
와서 몇 년을 살기도 했다. 이처럼 한옥은 사람들이 끊이지 않고 늘
북적거렸다. 이들 외에도 드나드는 이들이 많았다. 시골에서 취직하
겠다고 두어 명 정도의 식객들이 수시로 올라와 한동안 머물다 가
기도 했다.

소비되는 식비 또한 어마어마했다. 한 달에 쌀 한 가마니가 훌쩍
동이 났다. 아버지는 그때 그 많은 사람을 어떻게 다 거둬주셨는지
지금 생각해봐도 참으로 대단한 분이었다. 그러다 아버지는 작은고
모한테 신설동에 집을 지어주었고, 사촌 언니한테는 왕십리 언덕배
기에 가게가 딸린 집을 지어주었다. 당시에 아버지는 제재소를 하고
있었는데 그 규모가 매우 큰 편이었다. 60년대에 자가용을 몰고 다
닐 정도로 부유한 집이었다.

오빠는 사랑스럽고 귀여운 동생 윤이에게 '말괄량이 무코'라는
별명을 지어주었고 잘 데리고 놀아주었다. 예쁘장한 재일교포 언니
가 오빠를 만나러 오기도 했다. 오빠는 윤이가 중학생이 됐을 때, 여
학생이 갖춰야 할 몸가짐에 대해 세세히 알려주었다. 가령, 여학생

이 가방을 들고 있을 때 한쪽 다리를 살짝 앞으로 내서 가방을 얹고 있으면 그 모습이 예뻐 보인다. 친구들하고 이야기할 때는 너무 가까이 서지 말 것, 사람을 툭툭 치며 얘기하는 것은 술집 여자들이나 하는 짓이라며 잘못된 동작에 선을 긋기도 했다. 또한, 의자에 앉을 때는 등받이 끝까지 깊숙이 앉아야 자세가 바르다는 것과 벽에 등을 똑바로 대고 기대도록 해 자세를 반듯하게 교정해주기도 했다. 그리고 책을 볼 때의 거리, 사회에서 이슈가 되는 이야기와 가치관, 분별력 있는 판단을 하도록 여러 지식과 교양을 쌓게 해주었다.

행복한 어린 시절 아버지는 윤이를 무릎에 앉히고 물어보셨다.
"우리 윤이는 어떤 사람한테 시집갈래?"
"나는 미국 사람한테 시집갈래."
거침없는 딸아이의 대답에 아버지는 큰소리로 껄껄껄 웃으셨다. 드라마에서 미국 사람이 항상 좋은 사람으로만 나오니 어린 윤이가 그렇게 말했던 것이다. 아버지는 천진스러운 딸이 마냥 귀여워 "응? 미국 사람한테 시집 간다구?" 하며 자꾸 장난을 청했다. 윤이는 아버지가 놀리는 줄 알고 "쌍년아!" 하고 욕을 했다. 어린 딸이 어디서 배웠는지 그런 맹랑한 소리를 하니 아버지는 더 큰소리로 허허허 하고 한참을 웃다가 조용히 타이르셨다.
"그런 말은 나쁜 사람들이 하는 말이에요."
풍채가 좋고 위엄이 있는 아버지에게 늦둥이 막내딸은 눈에 넣어도 아프지 않을 만큼 소중한 존재였다.

그렇게 성장을 한 윤이가 고등학교를 입학할 무렵, 태산 같은 아버지가 갑자기 고혈압으로 돌아가셨다. 그 후 세상 물정에 어두운 어머니가 아버지의 사업을 이어갔는데 경영에 많은 무리가 따랐다. 부자가 망해도 3년은 간다는데 어머니는 그 3년이 무척 힘드셨던 것 같았다.

부잣집 막내로 자란 윤이는 그때부터 가난이란 걸 알게 되었다. 설상가상으로 결혼하고 행복하기만 할 것 같았던 언니에게 불행이 찾아왔다. 언니가 첫아이를 출산하고 얼마 지나지 않아 일어난 형부의 갑작스런 사망 소식은 그녀의 가족 모두를 패닉 상태로 빠트렸다.

윤이는 그때 무슨 일이 있어도 언니와 어린 조카를 지키겠다고 마음속으로 다짐했다. 그 와중에 엄마는 지난날 돈을 빌려준 사람을 찾아갔다가, 그 집 형편이 어려워 땟거리도 없더라며 도리어 가진 돈 몇 푼으로 쌀을 사주고 왔다고 하셨다. 옆에서 오빠가 그 말을 듣고 거들었다.

"어머니, 정말 잘하셨어요. 돈보다 사람이 먼저죠."

대학 1년생으로 숙녀가 된 윤이는 눈앞의 어려운 현실을 극복하기 위해 가정교사 자리를 알아보았다. 그러다 평소에 엄마랑 가깝게 지내던 친척 집에서 고등학교 2학년짜리 영훈이를 맡아서 가르치게 되었다. 그리고 달포가 지나서 영훈이 친구 준석이가 들어왔는데 다행히 모두 성적이 오르고 윤이를 잘 따라주었다. 영훈이랑 준석이는 윤이의 보디가드를 자처하는 총명하고 귀여운 아이들이었다.

강현수는 얼마 전부터 일기를 쓴다고 했다. 그런데 그의 말과 행동을 보면 일기장에 무엇을 쓰고 있는지 그의 속내가 다 드러났다. 그는 윤이의 섬세하고 부드러운 성격과 해맑고 고운 모습의 그녀에게 향하는 자신의 마음을 써 내려가고 있었고, 윤이가 들려준 이야기를 그대로 일기장에 옮기고 있었다.

그는 언제부터 윤이 머리에 꽂힌 실핀을 마음에 두고 있었는지 그 실핀을 자기한테 달라고 졸랐다.

"그 실핀을 주면 일기장에 꽂아 놓으려고 해요."

윤이가 타이프칠 때 생머리가 앞으로 흘러내려 꽂고 있는 실핀인데, 그의 마음이 읽혀져 웃음이 배어 나오는 것을 참고 윤이가 태연하게 장난을 쳤다.

"우리 그이가 알면 안 돼요."

그런 윤이의 장난에 그도 덩달아 웃었다.

어디 흠잡을 곳 없을 만큼 실력 있고 밝은 성격에 인간성까지 좋은 그였지만, 윤이는 그가 가까이 오면 언제나 선을 그었다. 그것은 아마도 언니, 오빠에게 받은 세뇌 교육 때문인 것 같았다.

두 사람은 신간 베스트셀러나 수필, 철학과 시사 등을 폭넓게 이야기했다.
- 이어령 씨의 『흙 속에 저 바람 속에』
1960년대 한국 문화를 날카롭게 비판한 그 시대의 명저
추천 받은 책
- 김형석 씨의 『영혼과 사랑의 대화』
이 땅의 청소년들을 따뜻하게 이끌어주던 철학이 담긴 어버이 말씀 같은 에세이
- 니체의 『짜라투스트라는 이렇게 말했다』
신의 경지에 있는 인간 짜라투스트라를 통해서 철학을 이야기한 난해한 도서 윤이의 생각이었다.
- 피히테의 『독일 국민에게 고함』
전쟁의 폐허에서 독일 국민을 다시 일어서게 한 명연설
- 몽테뉴의 『수상록』 중에 "어디에나 있는 것은 아무 데도 없는 것이다." 준석이가 편지로 물어온 부분을 가지고 상반된 결론을 끌어내며 설전을 벌였다.

윤이가 읽었던 책의 내용이나 생각을 말하면 강 대리가 작가의

의도나 배경 지식, 가치관에 대한 통찰력으로 재해석해 새로운 지식을 눈뜨게 해주던 유익한 시간이었다. 때로는 서로가 논리와 관점을 벗어나 궤변에 궤변으로 응수를 해 폭소가 터지기도 했다. 이들의 재기 넘치는 설전에 친구들이 하나둘 모여들었다.

그가 언젠가부터 혼잣말을 하며 웃곤 했다.

"결혼하면 예쁜 옷장을 사줘야겠다."

윤이가 못 들은 척하니까 점점 그 수위가 올라갔다.

"이 층까지 안고 올라가려면 힘들겠다."

그 말에 윤이가 곧바로 선을 그었다.

"길이 아니면 가지 말고, 말이 아니면 하지 말지어다."

윤이의 따끔한 말에 그가 바로 꼬리를 내렸다.

"에구, 얼른 가서 귀 씻어야겠다."

윤이는 가끔 친구들이랑 늘 비어있는 조그만 사무실에 가서 가곡과 팝송을 부르며 놀았다. 마치 학창시절로 돌아간 것처럼 행복해하던 시간이었다.

강 대리 친구들이 사무실에 한 번씩 놀러 와서 장난을 치곤했는데, 한 번은 담배를 달라는 친구에게 그가 없다고 시치미를 떼자, 친구는 아무렇지도 않은 듯이 "그래, 그럼 내 거 피우지." 하며 능청스럽게 양말목에서 담배를 꺼내 입에 물었다. 윤이는 그들이 하는 짓을 보고 있으면 저절로 웃음이 나왔다. 또 한 사람은 테니스를 잘

쳤는데 코트를 종횡무진 누비는 모습이 경쾌하고 보기 좋았다.

어느 날 오후에 운동하고 사무실에 들어온 그가 수건으로 머리를 질끈 동이고 있는 모습이 재밌어서 윤이가 "제주도 해녀 같다."고 했는데, 그때 그의 친구들이 저마다 제주도 해녀가 저렇게 생겼으면 자기네들은 제주도 안 가겠다고 한마디씩 하며 익살을 떨었다.

청년회

수녀님이 세례를 받기 위해 지어준 본명이 로사였다.

그런데 신부님이 세례를 받는 날 생각해 놓은 것이 있다며 윤이의 본명을 젬마로 바꿔주었다. 라틴어로 보석이라는 뜻을 지닌 젬마를 또 다른 메시지로 생각하고 그녀는 주님의 마음에 들게 살려고 마음가짐을 새롭게 했다.

"세상의 어둠을 밝히는 빛과 부패하지 않는 소금이 되라."는 성경 말씀을 마음에 새기며 영적 성장을 위해 발돋움했다.

봉사활동을 하던 어느 날 청년회에서 다과회를 마련했다.

청년회장이 모임에 새로 들어온 사람들의 소개와 활동 보고를 마치고, 총무의 진행으로 먼저 노래한 사람이 다음 사람을 지명하는 식으로 돌아가며 노래하고 이야기도 하다 보니 분위기가 한층 좋아졌다. 이번에는 성격이 활달한 청년회장이 일어나 '잊혀진 계절'을 멋지게 불렀다. 노래가 끝나자 박수가 터져 나오고 휘파람 소리가 요란했다. 그다음으로 청년회장이 지명한 사람이 맞은편에 앉아 있는 윤이였다. 긴 머리에 예쁘고 청순한 윤이가 지명을 받고 일어나 '아침이슬'을 불렀다. 그렇게 해서 윤이도 다음 사람을 지명하려고 둘러보다 주위에 늘 웃음을 주는 하선우 씨를 지명했다. 그가 일어나 시원한 가창력으로 'My Way'를 불렀다. 그다음에 그가 한참 서서 생각하더니 "오늘이 8월 15일 성모승천일이니까 여기서부터 한 바퀴 돌아 15번째 되는 사람을 지명하겠습니다."라고 말했다. 그 말에 다들 궁금해하며 하나, 둘, 셋, 넷, 다섯… 하고 순서를 세며 옆으로 돌아갔다. 그런데 마지막에 걸린 15번째가 바로 윤이였다. 윤이는 방금 노래를 해서 아무 생각 없이 앉아 있다가 놀란 토끼가 되었다. 그때 옆에 앉아 있던 총무가 나서서 말했다.

"와! 이 형이 왜 저렇게 서 있나 했더니 김윤이 씨 시키려고 그런 거였구나!"

"지난번에는요. 우리가 봉사활동 마치고 술 한잔하러 갔는데 저 형이 우리 보고 갑자기 '김윤이 씨!'라고 불렀어요."

봉사활동 할 때 청년들이 앞장서서 도와주고 챙겨주는 것을 감사하게만 생각했던 윤이는 그들의 짓궂음에 웃음이 나왔다.

이런 분위기에서 사람들이 윤이한테 "그냥 한 번 더 부르세요." 해서 윤이가 분위기도 바꿀 겸 그 옛날 노래 '검은 장갑'을 전라도 사투리로 불렀다. 회사에서 김혜숙 선배가 자주 흥얼거리는 걸 듣다 보니 재미있어서 저절로 배우게 된 노래였다.

헤어질랑게 서운해서 몽창몽창 이녘에게로
굿바이 하며 내미는 손 검은 장갑 낀 손
할 말은 많~음시롱~ 아무 말 못 하고...

윤이가 노래를 마치고 나니 분위기가 싸~ 해졌다. 조금 전의 그 인기는 어디로 갔는지… ㅋ.

윤이의 억센 전라도 사투리에 놀란 그들의 어색한 표정에 윤이는 웃음이 터져 나오는 것을 꾹 참았다.

앞서 윤이를 지명했던 경상도 청년이 영국지사로 떠난다며 윤이 주소를 물었는데 그 후론 연락이 없었다.

연애편지 대필

생기발랄하던 그 시절에 친구들에게 어려운 일이 생기면 윤이가 나서서 해결사가 돼주었다.

그중의 하나를 꼽으면, 친구 용희는 장래를 약속한 남친이 군대를 간 후로 몇 달째 소식이 없었다. 무슨 이유인지 남친이 일방적으로 연락을 끊어서 용희는 매일매일 편지를 기다리다 지쳐, 못 먹는 술을 먹고 담배까지 피우며 고통을 이기지 못해 자해를 하는 지경에 이르렀다. 윤이는 친구가 망가지는 모습이 안타까워 한 가지 제안을 했다.

"용희야 그러지 말고 나랑 같이 그 사람한테 정성을 다해 편지를 써서 보내자."

그 말에 용기를 얻은 용희와 머리를 맞대고 써 내려간 편지는 서두에 '사랑하는 님이시여!'로 시작해 거의 작품을 만들어냈다.

그 편지가 가고 한 보름쯤 지나 드디어 남친에게서 사랑이 담긴 장문의 편지가 날아왔다.

"용희야, 드디어 해냈다!"

둘은 손을 맞잡고 뛸 듯이 기뻐했다.

그 뒤로 그 두 사람은 비 온 뒤의 땅이 굳는 것처럼 더욱 단단하게 맺어져 그 이듬해 결혼식도 올리고 행복한 부부가 되었다.

"친구야, 축하한다. 부디 잘 살아야 돼!"

그 시기에 직장에서 괴롭힘을 주는 동기가 한 명 있었다. 얼굴은 귀엽게 생겼는데 질투도 많고 성격이 이상해서 모두 밀어내다 보니 별명이 탁구였다. 윤이는 이 친구가 두려워 눈도 잘 맞추지 않는데 공연히 윤이를 비방하고 다녀 곤욕스럽게 했다. 그래도 김혜숙 선배와 언제 어디서든 달려와 주는 살가운 동기들, 희자와 진숙이가 윤이의 방패가 돼줘서 행복했던 성장통의 시기였다.

그런데 곽동하 너 그때 왜 그랬니?

어느 날 절친 희자가 같은 과에 성격이 까칠한 남자 직원이랑 자주 부딪혀서 괴롭다고 하소연했다. 그로부터 며칠이 지나서였다. 공교롭게도 통근버스에서 그 남자 직원 옆자리에 윤이가 앉게 되었다. 조용히 가다가 윤이가 그에게 한마디 건넸다.

"지구가 왜 둥근지 아세요?"

"…?"

"둥글게 살라고 둥근 거예요."

그 직원은 윤이가 뜬금없이 하는 말에 멋쩍게 웃기만 했다. 인상이 나쁘지 않은 그 직원은 가끔 사무실에 놀러 가던 윤이가 하는 말에 그리 비중을 두지 않는 것 같았다. 윤이는 속으로 '아마도 희자 친구니까 무슨 말을 들었을 것으로 생각하나 보다.' 하며 어색한 웃음으로 그를 한번 올려다보았다. 뭔가 할 말이 있는 듯하면서도 말 한마디 못하는 그 직원에게 괜히 미안한 마음이 들었던 윤이는 버스에서 내리자마자 도망치듯 앞서서 사람들 사이를 빠져나갔다. 그래도 그 한마디에 효과가 있었는지, 아님 희자가 신경을 좀 썼는지 그 후 두 사람이 부딪히지 않는다고 했다.

시간 여행을 떠난다면 티 없이 밝고 장난기도 많았던 그 시절로 돌아가 다시 만나보고 싶은 친구들이다.

바닷가에서 만난 박승우 중위

대학을 졸업하고 직장에 들어가 첫 여름휴가를 떠났다. 대학 선배 희수 언니, 영주, 민선, 윤이 네 명이 함께 떠난 화진포 해수욕장의 맑고 푸른 바다는 정말 아름다웠다. 펼쳐진 자연경관을 바라보며 모두가 환호성을 질렀다. 하얀 포말을 일으키며 수없이 밀려왔다가 부서지는 파도, 뜨거운 태양이 눈부시게 쏟아지는 푸른 바다가 그녀들을 유혹했다.

늘씬하게 쭉 뻗은 몸매에 예쁘고 발랄한 그녀들이 바다로 달려갔다. 푸른 물살을 헤치고 수영을 하며 수많은 인파에 묻혀서 파도타기를 했다. 튜브를 타고 물놀이를 하다 배가 고프면 준비해간 과일, 빵, 음료수로 배를 채웠다. 그녀들은 모처럼의 도시 탈출을 만끽하며 마냥 신나고 즐거운 시간을 보내고 있었다. 장난도 치고 한바탕 웃음으로 즐거운 한때를 보내다 보면 시간은 무척 빠르게 지나갔다. 어느새 이틀을 넘기고 3일째 되는 날, 젊음과 낭만의 화진포에서 희수 선배가 사촌오빠를 만났다.

"야, 희수야 반갑다. 너 요즘 어떻게 지내나 했는데 여기 와 있었구나!"

뜻밖의 만남이었다.

사촌오빠는 친구들이랑 같이 왔다고 했다.

"와, 오빠! 우리가 이런 곳에서 다 만나고 참 세상 좁다. 나도 친구들이랑 왔는데 오늘 밤에 돌아갈 거야."

희수 선배가 선글라스를 머리 위로 올리고 환하게 웃으며 오빠 친구들에게 인사했다. 공군 중위라고 하는 그들은 햇볕에 온몸이 검게 그을렸는데 절도 있는 모습이 늠름하고 멋있게 보였다. 그런데 그중에서도 가장 눈에 띄는 사람이 있었다. 그는 톰 크루즈를 연상케 했는데 그 멋진 모습에 이 아가씨들의 관심이 쏠렸다. 파라솔 밑에서 그들을 지켜보고 있던 영주가 윤이랑 민선이에게 아주 작은 소리로 말했다.

"우리 저 잘생긴 사람 누가 꼬시는지 내기하자."

"그래, 좋아."

"나도 OK!"

단박에 그녀들의 시선을 강탈한 톰 크루즈는 멀리서 봐도 빛이 났다. 호기심이 발동해서 장난들을 치고 있는데 희수 선배 사촌 오빠가 밥이나 같이 먹자면서 친구들을 인사시켰다. 희수 선배를 비롯해서 한 미모 하는 이 발랄한 아가씨들이 콧대도 세울법했지만, 워낙 희수 선배 오빠가 동생들처럼 챙기는 데다 톰 크루즈도 한몫해서 순순히 안내하는 대로 따라나섰다. 그들은 바닷가 주변의 산책로를 따라 그리 멀지 않은 곳에 마련된 널찍한 야외텐트로 이동했다. 바닷바람이 시원하게 불어오는 위치에 자리 잡은 곳이었다. 남자들이 야외텐트로 과일과 맛있는 음식들을 날랐다. 그동안 희수 선배는 자연스럽게 미팅을 주선했고 파트너를 정하는 티켓을 만들었다.

모두 자리에 앉자 선배가 티켓을 돌렸다.

톰 크루즈 중위가 제일 먼저 심순애를 뽑았다고 큰 소리로 말하며 주위를 둘러보았다. 그 옛날 신파에 나오는 주인공으로 상대는 이수일인데 과연 누가 될 것인가?

모두가 지켜보고 있는 가운데 윤이가 뽑은 티켓이 이수일이었다. 윤이가 티켓을 그들에게 펼쳐 보이니 누군가가 경상도 억양으로 "그럴 줄 알았다."고 말해서 웃음이 터졌다. 톰 크루즈 중위는 싱글거리며 친구들에게 엄지를 치켜 보였다.

그렇게 해서 모두 파트너를 정해 널찍하게 자리를 잡고 앉았다.

그런데 윤이 오른쪽에 앉아 있는 옆 팀의 중위가 담배를 피워 의도적으로 윤이한테 연기를 날려 보냈다. 그의 짓궂음에 윤이는 아무 말도 못 하고 담배 연기를 손으로 부쳐내고 있었다. 그런 모습을 톰 크루즈 중위가 언제 보았는지 얼른 앞에 있던 LP판을 집어서 윤이를 힘껏 부쳐주었다. 그렇지 않아도 시선을 끌던 이들에게 희수 선배가 웃으며 핀잔을 주었다.

"에구, LP판 다 망가지겠어요."

그 말에 톰 크루즈 중위가 싱글거리며 큰 소리로 말했다.

"아니, 이까짓 게 문젭니까? 나는 윤이 씨를 위해서라면 뭐든지 시키는 대로 다 할 준비가 돼 있습니다."

다음 진행으로 희수 선배가 각자 뽑은 티켓에 맞게 즉흥적으로 연기를 하라고 했다. 윤이 파트너가 그 옛날 신파 이수일과 심순애의 그 유명한 대사를 재연했다.

"순애야, 김중배의 다이아몬드가 그렇게도 좋더냐?"

그의 눈빛은 부드러웠고 얼굴엔 미소를 가득 담고 있었다. 그의 태연스러운 연기에 이번에는 윤이 반응이 궁금해서 모두 그녀가 하는 말에 귀를 기울였다.

"수일 씨, 오해예요. 저는 김중배에게 마음을 주지 않았어요."

윤이는 차분하고 또렷한 목소리로 순애가 되어 그에게 말해주었다. 그런데 그 중위는 굳이 윤이가 하는 말을 못 들었다며 한 번 더 말해달라고 했다. 윤이 쪽으로 귀까지 기울이고 있는 그의 짓궂은 모습에 윤이는 웃음을 참으며 반복해서 그 대사를 들려주었다.

다음은 영주가 파트너랑 심봉사와 청이로 등장했다.

영주 파트너가 말했다.

"우린 심봉사가 막 눈을 떴을 때의 상황입니다."

그 말을 마치기가 바쁘게 두 팔을 벌리고는 "청아!" 하고 큰 소리로 부르며 눈을 지그시 감았다. 그의 능청스러운 표정 연기에 모두가 웃음을 참으며 영주를 돌아보니, 영주가 저쪽에서 "아버지!" 하고 파트너 앞으로 뛰어왔다. 그런데 막상 파트너 앞에 와서는 수줍은 듯 더 다가서지 못하고 두 팔만 앞으로 뻗었다 오므리는 시늉을 했다. 지켜보던 사람들이 모두 박장대소를 했다. 남자들이 짓궂게 말했다.

"빨리 가서 안겨야죠!"

"제대로 한 번 더 하세요!"

하고 소리치는 바람에 웃음은 계속해서 끊이질 않았다.

연극 재연이 끝나고 이번엔 박자에 맞춰서 무릎과 손뼉을 치며 상대의 이름을 말하는 게임을 했다. 그런데 윤이 파트너가 계속해서 윤이만 부르는 바람에, 희수 선배가 벌칙으로 일어나 노래를 부르라고 했다.

둘은 라나에스포의 '사랑해'를 불렀는데 어둠이 내린 바닷가에서 파도치는 소리와 노랫소리가 어우러져 아름답고 멋진 화음을 이루었다. 시종일관 웃음이 끊이지 않았던 이들의 유쾌한 시간이 어느

새 끝나고, 윤이 파트너가 기꺼이 그날의 식사비를 모두 지불했다.

윤이 일행은 그날 밤차를 타고 서울로 돌아왔다. 그 이후, 톰 크루즈 중위는 친구들에게 윤이가 자기 이상형이자 결혼할 사람이라고 말하고 다녔다는 이야기를 희수 선배가 전해주었다. 친구들은 윤이를 부러워하며 벌써부터 두 사람에게 기대를 모으고 있었다. 그러나 그녀의 행복과 설렘은 그리 오래가지 못했다. 희수 선배가 이번에는 톰 크루즈 중위에 대한 충격적인 소식을 들려주었기 때문이다. "톰 크루즈 중위를 짝사랑하던 아가씨가 두 번이나 약을 먹고 자살을 시도했다."는 이야기였다.

그 소식은 윤이를 혼란에 빠뜨렸다.

'어떻게 된 거지? 그 사람 뭐지?'

자세한 정황은 모르지만 윤이는 그 절박한 아가씨에게 연민을 느끼며 지금까지 그를 향하고 있던 마음을 접었다. 나보다는 약자를 먼저 생각하는 무의식적인 행동이었다. 그를 멀리하는 윤이의 마음을 아는지 모르는지 그는 한동안 그녀의 주변에서 맴돌았다. 이유도 없이 멀리하는 그녀의 모습에 그는 점점 지쳐가는 것 같았다. 그해가 다 가도록 그는 말없이 그녀의 주위를 배회했다.

해가 바뀌고, 가을바람에 낙엽이 흩날리던 어느 날이었다. 윤이가 퇴근길에 코트 깃을 세우고 부지런히 걸어가는데 정문 앞에서

서성이던 그가 먼저 알아보고 웃으며 다가왔다. 야윈 모습의 그를 보니 마음이 편치 않았다. 윤이도 웃음으로 인사를 하며 그를 편안하게 대하려고 했다. 그는 며칠 후면 교육받으러 간다고 했다. 윤이의 모습을 말없이 지켜보던 그가 다시 입을 열었다.

"내가 좋은 사람 소개해주면 만날래요?"

윤이의 진심을 알고 싶었던 것 같았다. 윤이는 그의 의도를 짐작하면서도 마음에 없는 말을 하며 짐짓 밝게 웃어 보였다.

"네, 소개해주면 만날게요."

그도 따라 웃고 있었지만 표정이 어두웠다. 그의 모습이 한층 더 쓸쓸해 보였다.

그 이듬해 2월이었다. 해가 짧아서 아직은 쌀쌀한 날씨였는데, 그가 언제 와 있었는지 회사 앞에서 기다리고 있었다. 그는 윤이를 보자 반갑게 다가섰다. 윤이는 그에게 무슨 말을 해야 할지 몰라서 그냥 웃으며 대했다. 그가 한참을 망설이다 천천히 입을 열었다.

"다음 주 토요일에 결혼해요. 그날 꼭 와서 축하해줘요. 그리고 내 부탁 하나만 들어줄래요? 내가 윤이 씨 볼 수 있게 맨 앞자리에 와서 앉아 있어요."

그의 선한 눈빛과 농담 같은 그 말은 혼란을 가져왔다. 왠지 모르는 두려움에 윤이는 시선을 떨구었다. 그의 시선을 강하게 느끼며 마음속으로 말했다.

'이젠 잊으셔야 해요. 그리고 행복하세요.'

그의 결혼식 날 눈이 내렸다. 윤이는 그 사람을 위해 기도하며 집에서 조용히 하루를 보냈다. 그의 말도 안 되는 부탁이 자꾸만 귓전에 맴돌았다. 시간이 흘러 친구들을 통해 그가 재벌 집 아가씨와 결혼했다는 소식을 전해 들었다.

그해 초겨울이었다. 회사 앞 커피숍에서 친구들을 만나기로 한 윤이가 퇴근 후 그곳으로 가고 있는데, 뒤에서 윤이 씨 하고 부르는 소리가 났다. 박승우 중위가 언제부터 와서 기다렸는지 웃으며 다가왔다.

"어머, 안녕하세요?"

그의 얼굴에 반가움이 가득했다.

"친구들 하고 약속이 있어서 가는 길이에요."

"나도 지나는 길에 들렀어요. 잠깐이면 되는데 얘기 좀 해요."

"아 네, 참 결혼 축하해요. 인사가 늦었네요."

윤이가 밝게 웃으며 인사를 하니, 따라 웃으며 잘 지냈냐고 묻는데 그의 표정은 여전히 쓸쓸해 보였다.

"네, 그동안 잘 지내셨죠?"

그 옆으로 친구들이 웃고 떠들며 지나가다 윤이와 박 중위를 발견하고 눈인사를 건넸다.

"먼저들 가 있어."

"그래, 너무 늦지 마."

그들에게 손을 들어주는 윤이의 해맑은 모습과는 달리 그는 활기가 없어 보였다. 어색한 침묵이 흘렀다. 말없이 그녀의 모습을 지켜보고 있던 그가 불쑥 이런 말을 했다.

"나는 나중에 택시 운전할 거예요."

윤이는 그가 갑자기 왜 그런 말을 하는지 궁금해서 이유를 물어보았다.

"나는 택시 운전하면서 윤이 씨가 사는 곳을 맴돌며 살 거예요."

가슴 한켠이 먹먹했다.

'아! 이 말을 하려고 지금까지 내 주위를 그렇게 서성였던 걸까?' 그렇게 활기차던 그가 왜 이렇게 됐는지 마음이 많이 아팠다.

"이젠 부디 행복하게 잘 사셔야 해요. 제가 기도하고 있어요."

윤이가 진심 어린 마음으로 당부하는 말에 그가 젖은 눈을 들어 그녀를 말없이 바라보았다.

그의 애잔한 눈빛이 말하고 있었다.

'못내 그리워 다시 찾아왔노라고.'

그 모습에 그녀는 눈물이 쏟아질 것 같아 시선을 멀리 두고 일부러 웃으며 말했다.

"언제 어디서든 씩씩하고 멋진 모습으로 잘 사셔야 돼요."

무엇으로도 위로가 되지 않을 것 같던 그가 그 한마디에 이제는 됐다며 돌아서서 가는데 왜 그렇게 마음이 아픈지 그녀는 펑펑 울었다.

친구들에게 박 중위 이야기를 하니 그들이 이구동성으로 윤이를 탓했다.

"얼마나 힘이 들었으면 그런 말을 했겠니? 아! 마음이 너무 아프다."

"그러게 말이야. 너 그때 그 사람하고 결혼했으면 지금 애기 낳고 잘살고 있었겠다."

"내가 너만큼 생겼으면 그 사람 절대로 안 놓쳤다. 우리가 얼마나 부러워했는데….."

친구들이 한마디씩 하는 소리를 듣고 그녀는 자신이 올바른 선택을 한 것인지 판단이 서질 않았다. 그토록 힘들어하던 그의 모습이 머릿속에서 떠나지 않아 그녀는 한동안 잠을 이루지 못했다.

억새와 할아버지

윤이는 누구에게도 온전히 마음을 주지 못했다. 그러나 막상 그렇게 떠나보낸 사람을 생각하니 마음이 편치 않아 희자랑 무작정

시외버스를 타고 목적지도 없이 길을 나섰다. 높은 건물이 즐비하게 들어선 도심을 벗어나 긴 터널을 지나고 얼마나 더 달렸는지 끝없는 길을 가다 시골길로 들어섰다. 자연과 어우러지는 아름다운 들녘이 황금빛 물결을 이루고 있었다. 이름도 생소한 종점에 가서 내렸다. 시골 공기는 맑고 상쾌했다. 그곳의 전원풍경에 어둡던 마음이 트이는 것 같았다. 윤이랑 희자는 언덕에 올라 두 팔을 벌리고 심호흡을 크게 하며 신선한 바람을 맞았다.

"오, 아름다운 대지여!"

"사랑하는 나의 님이여!"

둘은 마주 보고 큰소리로 깔깔대며 웃었다. 한가로운 들판에 그녀들의 웃음소리가 저 멀리 퍼져 나갔다.

가을빛이 곱게 물든 저 들녘 어디선가 마른 잎 타는 냄새가 바람에 실려 왔다.

군락을 이룬 억새가 바람에 흔들리는 풍경이 보기 좋아 둘은 억새를 꺾으며 길을 걸었다. 그런데 누군가 뒤에서 부르는 소리가 났다.

"저기, 잠깐만 기다려요!"

돌아보니 지게를 진 할아버지가 저만치에서 억새를 한아름 안고 이쪽으로 뛰어오셨다. 할아버지는 구릿빛으로 물든 피부에 깊게 주름진 얼굴 가득히 인자한 웃음을 띠며 윤이에게 그 억새풀을 안겨

주었다. 농촌의 고단한 삶이 느껴지는 할아버지의 선물은 감동이었고 코끝이 찡해졌다.

"와아! 할아버지 너무 멋지세요."

"억새가 아름다워요."

"할아버지 고맙습니다."

할아버지는 아직도 어린 티를 벗지 못한 그녀들이 깡충거리며 좋아하는 모습을 흐뭇하게 바라보며 웃으셨다. 사실 그녀들은 억새를 아주 조금만 가져갈 생각이었는데 할아버지의 선물로 이제는 두 팔 가득히 안아도 넘칠 정도가 되었다. 하지만 할아버지의 마음이 담겨있어서 조금도 버릴 수 없었던 그녀들은 나눠 가지고 돌아와 신문에 싸서 뜨거운 김을 쐐준 다음, 이튿날 사무실에 가져갔다.

억새를 항아리에 담아 놓았는데 남자 직원들이 와서 한마디씩 놀려댔다.

"어, 공동묘지 같네."

"웬 억새가 이렇게 많아요."

윤이는 그들에게 자신이 느꼈던 서정적인 가을 들녘의 풍경과 한 편의 아름다운 영화 같은 할아버지와 억새 이야기를 들려주었다.

그렇게 다시 일상으로 돌아온 윤이가 다른 과 여직원들이랑 퇴근하던 길이었다. 사무실 끝으로 나가는 긴 통로를 벗어나 밖으로 나가는 곳에 남자 직원들 몇 명이 입구에 서 있었다. 윤이가 그곳을 지나 밖으로 나가려고 무심코 발을 내딛는 순간, 짓궂은 남자 직원한 명이 문 뒤에 숨어있다가 길고 얇은 막대기로 윤이에게 일격을 가했다.

윤이는 친구들하고 이야기에 열중해서 아무 생각 없이 가다 갑자기 날아든 막대기가 내려옴과 동시에 반사적으로 태권도 방어 자세인 팔을 위로 뻗어 막아냈다. 눈앞에서 펼쳐진 광경에 모두가 벌어진 입을 다물지 못하고 놀라워들 했다.

"꺄악, 초능력이다."

"와아! 윤이 너 정말 대단하다."

"아니, 무술 했어요? 이거 함부로 하다간 큰일 나겠어요."

남자 직원이 바로 꼬리를 내리자 여직원들이 조심하라고 하는 바람에 또 웃음이 터졌다. 무의식중에 일어난 일에 윤이도 실감이 나질 않았다. 태권도를 좀 배우긴 했지만 스스로 생각해도 이건 알 수 없는 신통력이었다. 그런 일이 일어난 후 윤이는 사내에서 태권도 유단자로 소문이 났다.

훗날 이렇게 장난이 심했던 남자 직원들이 잘나가는 회사 대표가 되고, 수출 업종으로 준재벌이 되었다는 좋은 소식이 들려왔다.

그해 가을은 그렇게 가고 어느새 초겨울의 문턱에 들어선 어느 주말이었다. 강현수, 희자, 윤이 셋이서 영화를 보러 갔다. 현수의 말장난에 윤이가 지지 않고 받아쳐서 세 사람은 조그만 일에도 곧잘 웃음을 터트리곤 했다. 그렇게 말을 주거니 받거니 하며 가다가 윤이가 앞에 있는 돌부리에 발이 삐끗했다.

"꺅!"

다행히 넘어지진 않았는데 윤이의 하이힐 뒷 굽이 어딘가로 튕겨 나갔다.

"어머! 어떡해?"

깔끔한 성격의 윤이는 못이 올라와 고생시키던 기성화가 야속했다. 현수 씨가 쫓아가서 그 굽을 찾아왔는데 이 상황이 뭐가 그리도 우스운지 연신 웃음을 터트리며 놀려댔다.

"야아, 말로만 듣던 아가씨가 진짜 여기 있었네. 세상에나 푸하하!"

그가 하도 떠드는 바람에 무심히 지나가던 사람들이 그들을 돌아보며 따라 웃었다.

"아유, 뭐야 창피하게. 이게 재밌어요?"

"크흐흐, 난 너무 웃겨서 배가 다 아프네."

희자도 따라 웃으며 그의 짓궂은 장난을 재밌어했다. 그는 구두 수선 하는 곳에 가서도

"아저씨, 이런 아가씨 본 적 있어요?"

하며 놀려댔다.

"아주 구경거리 났어요~"

윤이가 뽀로통해서 눈을 흘기니 현수 씨는 일부러 멈칫하는 표정을 지어 보였다.

창가에 햇볕이 내려앉아 따뜻하고 평화로운 어느 날이었다.

점심식사를 하고 막 사무실에 들어서는 윤이에게 저쪽에서 현수 씨가 천천히 걸어왔다. 무슨 말을 하려는 듯 서성이고 있는 그의 모습에 그녀는 일부러 모른 척하며 무언가를 찾는 듯 서랍을 뒤적였다. 윤이에게 그가 떨리는 목소리로 말했다.

"내 나이 40이 되면 윤이 씨에 대한 글을 책으로 내려고 해요."

그의 표정이 진지해 보였다.

그녀는 그때 너무 어려서 무슨 말을 해야 할지 몰랐다. 그래서 "훗, 우리 그이가 알면 안 되는데."라는 엉뚱한 말을 하고 도망을 가버렸다.

날씨가 어느 때보다 무더운 여름날이었다. 윤이가 잠시 스타킹을 벗어놓고 발을 씻고 왔는데 의자에 얌전히 놓아둔 스타킹이 감쪽같이 사라졌다. 누구인지 바로 느낌이 왔지만, 짐짓 모른 척 "스타킹이 어디 갔지?" 하면서 그를 한번 흘끗 쳐다봤다. 그런데 어쩌면 그렇게도 시치미를 뚝 떼고 늠름하게 컴퓨터만 열심히 치고 있는지 그의 능청에 웃음이 배어 나왔다. 윤이가 여기저기 찾는 시늉을 해도 그는 꼼짝도 하지 않았다. 결국 윤이는 대책 없는 그에게 다짜고짜 내 스타킹을 내놓으라고 했다. 그가 무슨 일이냐며 돌아보더니 이내 자기는 모른다며 하던 일을 계속했다. '다른 거 같으면 모른 척하겠는데 신던 양말이어서 발 냄새는 어쩌나.' 하고 고민이 됐다. 그런데 그의 표정을 보니 그냥 줄 사람 같아 보이지 않았다. 더는 방법이 없어서 그에게 "변태?" 하며 슬쩍 그를 쳐다봤다. 물론 장난이었다. 하지만 그는 그 한마디에 갑자기 얼굴이 벌겋게 달아올라서 무척 당황해했다. 윤이가 웃음을 참고 슬그머니 밖에 나갔다 들어와 보니 의자 밑에 스타킹이 떨어져 있었다.

시치미를 떼고 일에 열중하는 그를 보니 당황해하던 그의 모습이 생각나 자꾸만 웃음이 나왔다.

옆 사무실에 머리가 희끗한 만년 과장 한 분이 윤이네 사무실에 와서 갑자기 이런 말을 했다.

"김양, 경국지색이 무슨 말인지 알아?"

"…"

"나는 김양을 보면 늘 이 말이 생각나는데, 일국의 왕이 자색에 빠져 나라를 망쳤다는 뜻이야."

과장님의 말이 채 끝나기도 전에 그가 어디서 나타났는지 쏜살같이 달려와서 그 말을 가로막았다.

"아유, 과장님. 그런 말씀 마세요. 가뜩이나 콧대가 높아서 힘든데…"

과장님은 윤이를 참하게 보시고 과분한 표현을 잘해주었다.

"김양은 아무도 손이 닿을 수 없는 저 벼랑 위에 피어있는 꽃

같아."

티 없이 맑고 고운 그녀의 모습을 지켜보던 그가 한숨을 쉬었다. 마음을 몰라주는 그녀가 야속해서였다.

윤이가 책상 위에 놓여 있는 그의 손목시계를 무심히 보다가 가죽 줄이 낡아 보여 "이 시계 갈아야겠어요." 하며 시계 뒷면을 보았다. 'S대 영문과 수석'이라고 찍혀 있었다. 그가 대단해 보여 장난스럽게 말했다.

"와! 이 시계 존경스러운데요."

그 말에 그가 푸하하 하고 웃음을 터트렸다.

활짝 웃는 그를 따라 그녀도 덩달아 웃었다.

그는 윗사람들이 특히 신임하고 아껴주는 사람이었다. 부사장은 수시로 그를 찾았는데 이름을 나석구의 구자 돌림으로 쓴 것인지 늘 "강현구"로 불렀다. 그런 어느 날 그가 일을 하다 말고 자리에서 벌떡 일어나 저 멀리서 오는 부사장을 보고 "아이고, 우리 석구 형님 오시네." 하며 절을 꾸벅했다. 그가 하는 짓을 보고 있으면 윤이는 저절로 웃음이 나왔다. 곧이어 부사장 형님이 "강현구"를 찾아 모두들 웃음을 참느라 킥킥거렸다.

두 사람은 별로 웃을 일이 아닌 소소한 일상에서도 곧잘 웃음을 터트렸다.

윤이가 타이프를 치다가 현수 씨 앞에 있는 지우개를 턱으로 가리키며 말했다.

"현수 지우개!"

무심코 고개를 들던 그가 윤이 하는 짓을 보고 웃음을 터트렸다. 큰소리로 웃던 그가 "맞먹어라." 하면서 지우개를 집어주고 또 웃었다. 연신 웃음을 터트리는 그의 모습에 그녀도 덩달아 웃음이 나왔다.

그는 일을 하면서도 오후 내내 싱글거렸다.

그녀의 풋풋한 향기가 코끝에 스치는 기분 좋은 날이었다.

그가 일을 하다 말고 팬시리 "나는 카레를 잘 만든다. 설거지는 내가 다 한다. 아들을 둘 낳아 이름을 강태공 강다구로 할 거다."는 등 계속 성가시게 해 윤이가 "오호 통재라." 하며 밀어내니 그가 순간적인 기지로 "애제라 비제라." 하고 받아 푸흡하고 웃음을 터트리게 했다. 그의 익살과 뛰어난 유머 감각은 늘 웃음을 주었다.

그 무렵 뉴스에 여자들이 차량에 납치되는 사건이 자주 보도되었다. 그래서 윤이가 그에게 호신술을 가르쳐 달라고 했다. 그도 걱정이 되던지 위기에 대처하는 다양한 기술을 가르쳐 주었다.

치한이 뒤에서 안으면 양쪽 팔꿈치로 급소를 가격하라고 했고, 태권도 공격과 방어하는 것을 시범으로 보여주었다. 그리고 펜싱은 먼저 팔을 뻗으며 곧바로 앞발이 나가는 기본동작을 가르쳐주었다. 큰 키의 절도 있는 그의 멋진 동작에 윤이가 살짝 비켜나며 빈틈을 노려 날카롭게 찌르는 시늉을 했다. 맹랑한 공격에 그가 웃음을 터트렸다.

어느 겨울이었다. 혹독한 추위에 윤이가 입김으로 언 손을 녹이며 사무실에 들어서니 그가 윤이를 주시하다가 이렇게 물었다.
"춥지 않게 해줄까요?"
"네?"
그가 윤이 자리에 와서 스커트 아래로 내려온 윤이 종아리를 두 손으로 감싸고 따뜻하게 비벼주었다. 그의 행동에 윤이가 당황해서 도망가려고 하자 장난으로 상황을 모면하면서 윤이를 웃겨주었다.

창가에 햇살이 가득히 쏟아지는 여유로운 아침이었다.
윤이는 어색해서 그에게 오빠 친구들 이야기를 들려주었다.
"어릴 때 오빠 친구들이 집에 오면 팔에 매달리라고 해서 장난을 치며 스스럼없이 컸어요."
윤이는 인간성 좋은 강 대리가 오빠를 참 많이 닮았다는 생각을 했다. 그래서 9살 위인 오빠 이야기를 종종 들려주었는데 그가 흥미 있게 들어주고 잘 웃어줘서 이런저런 이야기를 계속 들려주고 있었다.

어느 나른한 오후에 창밖을 내려다보고 있던 윤이가 그에게 어린 시절 이야기를 들려주었다.

"어렸을 때, 엄마가 나를 업고 부산에 있는 어느 친척집에 갔던 기억이 있어요. 그 집 아줌마는 우리 엄마를 만나서 이런저런 이야기를 하다가 중간 중간에 힘을 주어 묵사발이라는 말을 많이 했어요. 나는 그게 뭔지 궁금해서 '엄마, 묵사발이 뭐야?' 하고 물어봤는데, 그 아줌마가 아랫목에 이불을 덮어서 묻어둔 커다란 메주를 가리켰어요. 어린 내가 느끼기엔 커다란 메주가 사람을 묻어놓은 것이라고 생각했어요. 그래서 그때부터 메주 묻어둔 곳을 보면 그곳에 사람이 있다고 생각하게 됐는데, 이 집에 가도 저 집에 가도 그런 메주가 있어서 너무 혼란스러웠어요. 그걸 이해하기까지는 몇 해가 더 걸렸던 거 같아요."

"우리 오빠는 추운 겨울에 형편이 어려운 친구를 위해 새로 산 잠바를 서슴없이 벗어주고 오는 사람이었어요. 따뜻한 인간미와 활달한 성격에 사교성 있고 공부도 잘하니 친구들이 많았어요. 그런데 지난번에 주민등록증을 발급받으러 주민센터에 갔을 때 오빠에 대해서 더 많이 알게 됐어요. 담당 직원이 세대주로 돼 있는 오빠 사진을 보고 깜짝 놀라며 물었어요.

'이 사람 혹시 K 고등학교 다니지 않았어요? 우리 학교 선배예요. 지금 이 사람 무슨 일 해요? 이 사람 크게 돼 있죠?'

그 직원은 계속해서 말했어요.

'고등학교 때 전교에서 이 선배를 모르는 사람이 없었어요. 이 선배는 우리 학교 전설이었어요.'"

윤이는 그때 그 후배의 말을 듣고 새삼 놀랐다.

'아! 그랬구나. 부잣집 도련님으로 온 집안의 자랑이었고, 떠받들리며 살았던 오빠였는데….'

직원의 큰 기대와 달리 현재 친구와 사업을 하는 오빠가 고전하는 상황이어서 마음이 많이 아팠다.

지난날 오빠는 가장 친한 친구가 미국으로 유학 가면서 오빠를 데려가려고 했다. 유학 경비 일체를 친구의 아버지가 보내겠다고 했는데 오빠는 어려운 여건에 처한 어머니와 누나, 여동생이 밟혀서 떠날 수가 없었다고 했던 기억이 아프게 떠올랐다.

이런 그늘이 있는 윤이는 그가 다가오면 일부러 모른 척 거리를 두었다.

하얀 목련이 우아한 자태로 기품 있게 피어나 눈이 부시던 어느 봄날이었다. 단아한 모습의 윤이가 출근해 자리에 막 앉는데 강 대리가 그녀에게 다가왔다.

"열릴 듯 닫힌 문은 우리말이 아니면 도저히 표현할 수 없는 말이라고 생각해요."

그가 얼마나 기다렸는지 마음이 읽혀졌다.

'가만히 오는 비 낙수 져 소리 하니 오마지 않는 이가 일도 없이

기다려져 열릴 듯 닫힌 문으로 눈이 자주 가더라.'

매 순간 감동을 주는 그가 있어서 삶이 향기롭고 행복했다.

하지만 그를 사랑하면서도 결혼할 여건이 안 되는 그녀는 자신의 처지 때문에 망설였다.

김현식 아재

군대를 다녀와 H대 토목과에 복학한 김현식 아재는 윤이의 성장 과정에서 정신적 지주가 돼 주었던 사람이다. 윤이에게 남성관을 심어주었고 윤이가 처한 어려운 환경을 살피며 보호해 주는 사람으로 촌수로는 증조할아버지뻘이어서 다들 아재라고 불렀다. 모범적이고 강인한 성격의 아재는 윤이보다 2살 많은 25살이었고, 시골에서 올라와 윤이네 집에서 기거하며 대학을 다니는 사람이었다. 아재는 스스로 삶의 방향을 정해놓고 개척하며 열심히 살았고 윤이와 그 시대의 고민을 이야기하는 등 앞으로 나아갈 삶의 길잡이 역할을 해주었다.

누나와 형만 있는 아재는 여동생 같은 윤이에게 MBC 별밤에 음악 편지를 띄워 보내주었고, 여행을 다녀오면 여행지에서 목각으로 다듬어진 인형 목걸이를 사다 주기도 했다.

150

윤이 엄마의 연이은 사업 실패로 집안 형편이 어려워지자 아재는 윤이에게 마음을 많이 써주었다. 윤이를 서점에 데려가서 학교에서 추천받은 일본어책을 두 권을 사서 한 권은 윤이에게 주며 말했다.

"우리 이 책 누가 더 빨리 마스터 하나 내기하자."

그래서 윤이는 아재한테 안 지려고 일본어 독학을 열심히 했다. 다행히 우리말과 어순도 같고 한자도 무리가 없어서 재미있게 익혀 나갔다. 아재는 TV에 장학퀴즈가 나오면 내기를 하자고 했다. 장학생인 아재의 순발력과 폭넓은 지식을 상대하기가 힘들었던 윤이가 말머리를 돌렸다.

"아재는 여자 친구 없어? 인기가 많을 것 같은데 눈 좀 낮추고 찾아보시지 좀."

그 말에 아재가 익살스러운 표정으로 씩 웃더니 재수할 때 이야기를 했다.

"학원에 마음에 드는 예쁜 여자애가 있어서 내가 사귀자고 했는데 걔가 싫다며 그냥 가 버렸어. 그런데 그 애가 저만치 가더니 전봇대에 가서 머리를 '꽝'하고 부딪쳐버렸어."

"어머나. 어떡해? 그 여학생도 아재가 싫진 않았나보다. 너무 순진해서 그랬을 거야."

윤이도 얼마 전에 강현수의 고백을 듣고 부끄러워서 얼버무렸던 이야기를 들려줬다. 교수가 되겠다는 강현수와 고시 공부를 하는 한 상우를 이야기했는데, 아재가 잠시 생각하더니 두 사람 다 탐탁지 않았는지 좀 더 확실한 사람을 만나라고 했다. 그 후 아재는 사무실에 이따금씩 전화해서 그가 어떤 사람인지 떠보았다. 그러면 강현수는 윤이에게 전화를 건네며 하는 말이,

"외간 남자한테서 전화 왔어요. 멀리서 찾지 말고 가까운 데서 찾아요."

그 후 아재는 후배 중에 집안 좋고 학벌, 능력, 인성까지 좋은 사람을 추천해서 만나보라고 했는데 윤이는 부담이 돼서 싫다고 했다. 며칠 후, 사무실로 윤이를 찾는 전화가 왔다. 그 후배였다.

"제가 왜 싫은지 그 이유 좀 말해주세요. 저 생각보다 괜찮은 사람이에요. 혹시 시간 되시면 제가 그쪽으로 가도 될까요?"

"미안해요. 저 아직 누굴 만날 준비가 안 돼서 그래요."

윤이는 내키지 않아 거절했다.

그런 어느 날, 지금의 남편 한상우로부터 중량 오버의 열렬한 연애편지가 사무실로 날아왔다. 현수 씨는 그 편지를 언제 다 뜯어봤는지 줄줄이 외우고 다니면서 윤이를 놀렸는데 그의 괴로운 심정이 읽혀졌다. 그의 뒷모습이 무척 쓸쓸해 보였다. 윤이에게 잠시도 그냥 있지 않았던 그는 말도 없어졌다. 평화롭고 구김이 없던 그였는데 마음의 상처가 컸던 모양이었다.

그리고 얼마 후 그는 대학 친구를 보내 윤이의 마음을 떠보았다. 현수 씨 친구는 처음 만났는데도 마치 오래전부터 알고 지내던 사람처럼 어색하지가 않았다.

"친구가 반할 만도 하네요. 우리가 매일 전화로 윤이 씨 이야기를 했어요. 친구가 '아침에 눈을 뜨면 사랑스러운 윤이 씨 얼굴이 떠올라 기분이 좋다. 너무 행복하다고 했어요.' 우리 친구 정말 괜찮은 사람이에요. 윤이 씨는 우리 친구를 어떻게 생각하세요?"

윤이는 그의 친구에게 솔직하게 마음을 털어놓을 수 없어서 그냥 이렇게 대답을 했다.

"네, 좋은 사람이에요."

이 말을 현수 씨는 어떻게 받아들였는지 오해를 하고 상실감으로 힘들어하다가 해외 발령을 받아 윤이 곁을 떠났다. 그때 사무실 직원들이 모두 다 일어나 윤이에게 얼른 가서 그를 붙잡으라고 했다. 그리고 절대로 놓치지 말라고 신신당부까지 했는데, 윤이는 끝내 그를 잡지 못했다. 그것이 마지막이었다.

그렇게 한 10년쯤 지났을까?

그가 인터뷰하는 모습이 저녁 9시 뉴스에 나왔다. 윤이는 건강하고 밝은 모습의 그를 금방 알아볼 수 있었다. 반가웠다. 어디선가 잘 살고 있는 것 같아서 고마웠다.

그렇게 헤어진 윤이는 가난한 농부가 값진 보석을 가진 것처럼 불안하다. 결혼을 해야 합격할 수 있다며 결혼을 서두르는 한상우와 일찍이 백년가약을 맺었다. 비록 가난했지만 그녀는 혼신을 다해 남편 뒷바라지를 해 성공을 도왔고 어느새 두 아이의 엄마가 되었다.

결혼의 선택은 윤이가 생각하지 못했던 운명 같았다.

"인생의 게임에는 플레이 어게인이 없다!"라고 하셨던 김형석 교수님의 말씀이 삶에 좌우명이 되었다.

주어진 삶에 후회하지 않으려고 윤이는 앞만 보고 정성을 다해 삶을 가꾸었고 반듯하게 살았다.

친구 임민영

아직은 이른 봄이어서 날씨가 쌀쌀했다. 윤이는 베이지색 원피스에 같은 계열의 버버리를 걸치고 꽃무늬 실크 스카프로 산뜻하게 멋을 낸 후 집을 나섰다. 뺨을 스치는 차가운 공기가 신선하게 느껴졌다.

성당에서 미사를 마치고 나오는데 저만치 앞서가는 사람이 고등학교 때 친구 임민영 같았다.

"민영아!"

"누구…?"

윤이가 부르는 소리에 뒤를 돌아본 그녀는 잠시 주춤거리다 깜짝 놀란 듯 말했다.

"어머나! 너 윤이 아니니?"

"그래 애, 세상에 이게 얼마 만이니? 효숙이랑 희자, 계영이도 너 연락 안 된다고 하더라."

"그랬구나, 다들 너무 보고 싶다. 그동안 내가 통 연락을 못 하고 지냈어."

"애! 정말 너 이제 못 보는 줄 알았어."

"암튼 너무 반갑다."

결혼 후 연락이 끊겼던 두 사람은 너무 반가워서 손을 맞잡고 소녀들처럼 깡충깡충 뛰었다.

둘은 그동안 궁금했던 소식이 얼마나 많았던지 이야기를 주고받느라 쉴 새 없이 떠들었다. 민영이는 얼마 전에 윤이가 사는 아파트 옆 동으로 이사를 왔다고 했다. 늘씬하고 예쁜 민영이는 지난날 인기도 많았고, 누구라고 이름만 대면 알만한 집으로 시집가서 친구들의 부러움을 샀었다. 민영이는 딸기엄마라고 했다.

남매를 둔 윤이와 민영이는 아이들이 고만고만해서 공통적인 화젯거리도 많았다. 그동안 민영이는 깐깐한 시어머니 밑에서 된 시집살이를 하느라 마음고생 많았던 이야기도 털어놓았다. 8년 만에

분가했다고 말하는 민영이의 안색이 어둡고 건강이 안 좋은 것처럼 보였다. 민영이는 급히 어디를 가야 하는지 다음에 또 보자고 하며 헤어졌다.

그로부터 한 주가 지났을 무렵, 민영이가 성당을 다녀오는 길이라며 윤이네 집에 들렀다. 그날따라 무척 피곤해 보이는 민영이가 걱정돼서 윤이는 따뜻한 차를 내오면서 말했다.

"얘! 이삿짐 정리한다고 너무 힘들었나보다. 천천히 쉬어가면서 해. 그러다 몸 상하겠다."

그 말에 민영이가 붓기 수북한 손과 발을 보여주며 조심스레 입을 열었다.

"나 요즘 손발이 붓고 걷는 게 힘들어."

"민영아, 너 진짜 너무 무리했구나. 이리 와서 좀 앉아 봐."

거실에 깔아놓은 러그 위에 둘이 앉아 윤이가 민영이의 퉁퉁 부은 손과 발을 마사지 해주었다. 그리고 당분간 무조건 쉬라고 당부했다. 어쩌다 이 친구가 이렇게 허약해졌는지 마음이 아팠다. 고등학교 때까지만 해도 활발하고 건강하던 친구였는데 그 당시의 모습은 어디로 가고 민영이는 너무 초라하게 변해있었다.

그렇게 또 시간이 흘러 잊고 있었던 민영이한테서 전화가 왔다.

"윤이야, 나 어떡해. 몸이 점점 굳어가나 봐. 이젠 일어날 수도 없고 화장실도 못가."

수화기를 통해 들려오는 민영이의 힘없는 목소리는 다급함을 알리고 있었다.

"민영아. 지금 바로 갈게. 조금만 기다려."

윤이는 수화기를 내려놓고 그대로 민영이네 집으로 달려갔다.

저층 아파트엔 엘리베이터가 없던 시절이어서 윤이는 5층까지 계단을 뛰어 올라갔다. 민영이네 집은 현관문을 걸어놓지 않아 손잡이를 돌리니 바로 열렸다. 안방 침대에 누워 소리가 나는 쪽으로 힘없이 고개를 돌리는 친구의 모습이 초췌하고 불쌍해 보였다. 마음이 아팠다. 어린아이들이 엄마 곁에 붙어 앉아 윤이를 빤히 쳐다보았다. 윤이는 친구가 화장실도 못 간다는데 이 정도가 될 때까지 버려둔 그녀의 남편에게 화가 솟구쳤다.

"민영아, 너 왜 병원에 안 가고 이러고 있어? 네 남편은 이 정도가 되도록 도대체 뭐한 거야?"

"남편이 사업을 새로 시작했는데 자금 사정이 어려워 아직 말을 못 했어."

민영이가 한숨을 쉬며 말했다. 아이들 밥은 누가 챙겨주는지, 화장실은 어떻게 가는지 물어보니 꼴이 말이 아니었다. 민영이가 머리맡에서 무언가 빼곡히 적힌 프린트를 들어 보이며 말했다.

"어제 시어머니가 오셨는데 이 기도문 주고 가셨어."

민영이의 말이 계속됐다.

"우리 시아버지가 이 지역에서 이름만 대면 다 아는 변호사라서 사람들이 잘사는 줄 아는데 첩이 줄줄이 있어. 그러다 보니 돈도 없고 집안 꼴이 말이 아니야. 오늘은 첫 번째 첩이 다녀갔어."

윤이는 너무 어이가 없어 말문이 막혔다. 깊게 한숨을 내쉬고 다시 말을 이어갔다.

"그래도 이건 너무한 것 같다. 세상에 며느리가 병들어 이 지경인데 어떻게 이렇게들 인정이 없니? 시어머니나 남편이나 도대체 이게 말이 되니? 걱정도 안 된대?"

화가 나서 목소리를 높이던 윤이는 말하기를 그쳤다. 더 다그쳐 봤자 소용없을 것 같았고, 대책 없는 친구를 보니 한숨만 나왔다. 상황이 이런데도 누구 하나 원망할 줄도 모르는 친구가 안타까웠다. 게다가 아무것도 모르고 엄마 곁에 붙어서 칭얼대는 어린아이들을 보니 눈시울이 뜨거워졌다.

집으로 돌아온 윤이는 깊은 고민에 빠졌다. 민영이가 예전의 건강한 모습으로 다시 돌아올 수 있다면 얼마나 좋을까?

'내가 민영이를 위해 해줄 수 있는 일이 무얼까?'

윤이는 수차례의 고민 끝에 성당 레지오 팀 단장에게 도움을 요청했다.

윤이 전화를 받은 단장이 레지오 단원들에게 연락해 모두 빠르게 움직였다. 곧이어 단장이 단원들을 데리고 달려와 주었다. 윤이는 혼자 감당하기가 너무 막막해서 한숨만 나왔는데 이렇게 단숨에 달려와 준 자매들을 보니 없던 힘도 생겼다.

단원들은 젊은 사람이 몸이 굳어 천장만 바라보고 누워서 꼼짝도 못 하고 있으니 애처롭고 마음이 아파 눈물을 글썽였다. 모두 민영이를 가운데 두고 둘러서서 단장을 선두로 성모님께 묵주기도를 바치는데 여기저기서 흐느끼는 소리가 들렸다. 눈물의 기도였다. 자매들이 저마다 환자의 팔다리를 주물러주고, 따뜻한 위로를 건네고, 천사 같다며 안아서 토닥여주는 등 모두가 한마음으로 민영이를 돌보았다. 민영이는 천정을 바라보고 누운 채 하염없이 눈물만 흘렸다.

그날부터 자매들이 팀을 짜서 돌아가며 환자의 집안일을 맡았다. 요리를 잘하는 사람들은 반찬을 맛있게 만들어서 가져다주었고, 집 청소와 설거지도 해주었다. 모두 힘이 닿는 데까지 각자의 능력대로 서로서로 돕는 일을 했다.

그렇게 평화를 되찾아 가는 듯하던 민영이네 집에 또 다른 문제가 생겼다. 민영이 남편이 회사에서 여직원을 집에 데려다 놓고 집안일을 맡기기 시작했는데, 남편이 새벽에 그 여직원 방에서 나온다고 했다. 이 때문에 민영이는 신경이 극도로 예민해져 잠도 제대로 못 자고 마음에 병까지 얻게 되었다. 민영이의 몸은 점점 더 돌덩이처럼 굳어가고 있었다. 더는 민영이가 헤어날 길이 없다는 생각에 다시 모인 자매들이 다른 방안을 모색했다. 모두가 전전긍긍하며 고민하던 끝에, 한 명이 조심스레 입을 열었다.

"제가 병원에 수석 간호사를 알고 있으니 민영 씨를 의료보험을 빌려 입원시킵시다. 불법이지만 다른 방법이 없는 것 같아요."

다들 말을 못 하고 고개만 떨구고 있었다. 방 안에 무거운 침묵이 흘렀다. 온갖 궂은일을 다하며 법 없이도 살아온 사람들이 달리 방법이 없어 궁여지책으로 내놓은 방안이었다. 잠자코 듣고 있던 윤이가 나섰다.

"제가 이 친구랑 나이가 같으니 제 의료보험으로 입원시키세요."

모두가 놀란 표정으로 고개를 들어 윤이를 바라보았다. 쉽지 않은 결정이었다.

다음으로 민영이 딸들은 누가 데려갈지를 놓고 의논했다. 지방에 사는 민영이 언니가 와서 5살짜리 어린아이를 데려가고, 초등학교 1학년인 명애는 윤이네 집에 데려오기로 결정을 내림과 동시에 모두가 일사불란하게 움직였다. 연락을 받은 남자 레지오 팀이 바로 봉고차를 타고 달려와 주었다.

덩치가 큰 남자 두 명이 와서 민영이를 떠메고 내려가는데 환자가 축 늘어진 데다 체중이 나가고 몸이 뻣뻣하게 굳어 있어서 잡기도 힘이 들어 감당이 되지 않던 이들은 행여 놓칠세라 비지땀으로 온몸을 감으며 겨우겨우 내려갔다고 했다. 모두 고생이 말이 아니었다는 후문이었다.

 간호사가 피를 뽑을 때, 환자의 피가 굳어서 잘 나오지 않았다는 이야기도 자매들이 들려주었다. 그렇게 안타깝고 긴박했던 순간들이 지나가고 많은 우여곡절 끝에 병원에 입원한 민영이는 건강이 차츰 회복되고 있었다.

 그때 윤이 친정어머니가 딸네 집에 왔다가 민영이 이야기를 듣고 너무 마음 아파하셨다. 불쌍한 사람들을 그냥 지나치지 못하던 어머니가 민영이를 위해 팔을 걷어붙였다. 날마다 새로 밥을 짓고 뚝배기에 된장찌개를 보글보글 끓이고, 반찬을 맛있게 만들어 지성으로 병원에 나르셨다. 연세도 많은 분이 힘든 내색 한 번 하지 않고 한 달 내내 그 무거운 보따리를 들고 다니니 병실에 있는 사람들이 모두 걱정을 했다.

 "민영 씨가 병원 밥은 안 먹고 날마다 할머니만 목을 빼고 기다리니 너무 안타까워요."

 그런데 이제나 저제나 하고 민영이가 애타게 기다리는 남편은 아내가 입원해서 한 달이 다 되도록 어찌 된 일인지 한 번도 병원을 찾아가지 않았다.

 결국엔 민영이가 몽유병에 걸려 밤마다 베개를 끌어안고 울면서 밖으로 뛰쳐나가고 있다는 소식이 들려왔다. 병실 사람들은 그 광경을 보고 민영이가 너무 불쌍하고 애처로워 매일 운다고 했다.

한편 어린 명애는 윤이네 아이들하고 어울려 다니며 천진스럽게 뛰놀고 잘 먹고 잘 자서 걱정을 덜어주었다. 그동안 아픈 엄마 시중에 많이 힘들었던 때문인지 명애는 엄마를 찾지 않았다. 아이들은 밥을 먹을 때나 잠을 잘 때도 쉴 새 없이 떠들었고 연신 웃음을 터트렸다. 아이들의 해맑은 웃음소리는 윤이를 행복하게 했다.

그런 어느 날 간식 시간이었다. 아이들이 식탁에 옹기종기 모여 앉아 빵에 잼을 발라 먹으며 뭐가 그리 재밌는지 연신 까르륵하며 웃음을 터트리고 있었다. 바로 그 시간에 민영이 남편이 윤이네 집에 와서 명애를 찾았다. 그는 어색한 듯 선뜻 들어서지 못하고 현관에서 딸 명애를 데려가겠다는 말만했다.

명애는 아빠를 보고 기겁을 하며 숨을 곳을 찾기에 바빴다. 그리고 소릴 질러댔다.

"나 집에 안 가. 여기서 살 거야."

"안 돼 명애야. 얼른 와. 아빠랑 집에 가자."

"싫어 싫어, 나 안 간단 말이야."

명애가 울먹이며 윤이 뒤에 와서 숨었다.

막무가내로 버티는 딸을 현관에서 우두커니 보고 있는 명애 아빠에게 윤이가 가서 말했다.

"명애가 우리 집에서 잘 지내고 있으니 그냥 두고 가세요. 식사랑 간식도 잘 챙겨 먹이고 있으니 걱정하지 마세요."

윤이는 민영이 남편이 '참으로 무심한 사람이구나'라는 생각을 하며 한마디 하고 싶은 말을 삼키고 명애 이야기만 했다.

명애 아빠는 완강히 버티는 딸을 한동안 지켜보다 하는 수 없이 그대로 발길을 돌렸다. 윤이네 집에서 어린 명애는 또래의 친구들이랑 지내며 나름 편안하고 외롭지 않아 좋았던 모양이었다.

윤이 친정어머니는 명애 아빠가 다녀갔다는 이야기를 듣고 그다음 날 명애 아빠를 찾아가셨다. 윤이 친정어머니가 무슨 이야기를 했는지 그렇게 꿈쩍도 않던 명애 아빠가 드디어 병원을 찾아갔다. 그렇게 해서 민영이는 잃었던 웃음을 되찾고, 마음의 안정과 건강도 찾아가고 있었다.

반면, 윤이는 걱정에 휩싸여 있었다. 예상했던 것처럼 명애 엄마가 입원한 지 일주일 정도 됐을 때 수석 간호사로부터 전화가 왔다.

"남편분에게 의료 보험공단에서 전화가 갈지 몰라요. 지금 부인이 입원하고 있는지 확인하는 전화가 갈 텐데, 혹시라도 남편께서 그런 일이 없다고 하시면 우리 모두 큰일 납니다. 그러니 남편분께 미리 잘 말씀드려 주세요."

그동안 걱정은 했지만 막상 그런 전화를 받고 나니 마음이 영 편치 않았다. 그날 저녁 윤이는 그동안 차마 말도 못 하고 속만 태우고 있었던 일을 남편에게 모두 털어놓았다. 지금까지 일어났던 모든 일을 고해성사 보듯 중죄인이 되어 고백하니 가만히 듣고만 있던 남편이 버럭 화를 내며 큰소리를 냈다.

"이 사람아, 차라리 돈을 주지 어떻게 그런 짓을 했냐?"

윤이는 남편 말이 옳았다는 생각이 들면서 그때부터 더욱더 마음이 편치 않아 괴로워하며 하루하루를 보냈다.

그렇지 않아도 마음이 여린 윤이는 그 후로 통 소화가 안 돼서 고생했는데 나중에는 그 증세가 더 심해지더니 물도 못 먹을 정도로 위가 아파 고통스러운 나날을 보냈다. 윤이는 차츰 야위어 갔다. 병원도 갈 수 없었고 이 모든 상황이 너무 두려워 묵주기도만 열심히 했다. 그런데 이상하게 묵주기도를 하는 동안엔 그렇게 쓰리고 아프던 위가 거짓말처럼 고통이 사라졌다. '환상일까? 이게 뭐지?' 막연한 신비감이 들었다. 사실 윤이는 신앙심이 깊지 않아 반신반의하며 친정어머니에게 이 이야기를 했는데 어머니는 그때부터 자나 깨나 윤이를 위해 묵주기도를 하셨다.

그동안 아픈 딸을 보면서 무척이나 애태웠을 어머니의 눈물겨운 모정은 윤이에게 큰 위로와 힘이 되었다. 고통과 불안한 날들이 계속되는 가운데, 윤이는 문득 이런 생각이 들었다.

'이러다 내가 죽으면 아이들은 어쩌지? 머리에 이라도 생기면 어떻게 하나?'

걱정이 앞선 윤이는 아이들을 목욕탕으로 데리고 가서 혼자 머리 감는 방법을 가르쳐 주었다. 초등학교 1학년과 3학년인 어린 남매는 윤이가 시키는 대로 곧잘 따라 했다.

윤이는 민영이가 하루속히 회복되기만을 기다리며, 자신은 위의 통증으로 죽을 것만 같은 나날을 견디고 있었다. 어느덧 한 달이 넘어 민영이가 회복해 잘 걸어 다닌다는 소식을 듣게 되었다. 그와 반대로 윤이의 다급한 사정은 더 미룰 수가 없는 지경에 이르렀다. 윤이는 물도 먹을 수 없을 만큼 위가 아팠는데, 그보다 더 슬픈 것은 이 천사 같은 아이들을 두고 이대로 죽는 것이 아닌가 하는 걱정에 날마다 눈물로 보냈다.

힘겹게 버틴 시간 속에서 몸과 마음이 쇠약해진 윤이는 잔뜩 겁을 먹고 대학병원에 가서 진료를 받았다. 위 투시 검사를 하고 의사 선생님이 결과를 보더니 내시경으로 다시 검사를 해야겠다고 했다.

날짜를 잡고 내시경 검사를 했다. 최악의 상황을 떠올리며 두렵고 떨리는 마음으로 결과를 기다리는데 의사 선생님이 그런 윤이를 불러 차분하게 설명했다.

"위의 표면이 벗겨졌는데 안에서 핏덩어리가 막고 있어서 다행히 천공은 안 됐어요."

윤이는 그 순간 '묵주기도 중에 아프지 않았던 은총'이 떠올랐다. 그래도 그동안 위가 너무 아파서 심상치 않은 느낌이었던 윤이는 의사에게 물었다.

"선생님, 저 얼마나 치료하면 나을 수 있나요?"

"네, 환자분은 한 달만 약 드시고 치료하면 됩니다."

그 말을 들은 윤이가 울면서 말했다.

"선생님 바른대로 말씀해주세요. 저 한 달 있으면 죽는 거죠?"

의사는 앞에 앉은 환자가 엉엉 울면서 하는 말에 깜짝 놀라며 기가 막힌다는 표정으로 말했다.

"아니, 남들은 한 달밖에 못산다고 해도 곧이들으려고 하지 않는데, 어떻게 한 달이면 낫는다는 걸 믿지 않으세요?"

"선생님, 전 그동안 물도 먹을 수 없을 만큼 위가 아파서 이제 죽는다고 생각했는데 한 달이면 낫는다고 하시니 통 믿어지지 않아서요."

윤이는 놀란 가슴을 쓸어내렸다.

그 후로 윤이는 매일 위장약을 챙겨 먹고 민간요법으로 양배추를 꾸준히 갈아먹었다. 열심히 노력해서 병을 이기겠다고 다짐했다. 그러나 한번 다친 위는 쉽게 낫지 않아서 한 달이 지났는데도 계속 약을 먹으며 지냈다. 한 달, 두 달, 석 달…. 그렇게 위장병으로 제대로 먹지를 못해 창백해진 얼굴에 쇠약해진 몸은 점점 더 기운을 잃어가고 있었다.

우유배달

그런 어느 날, 윤이는 집에 우유를 배달하러 온 아줌마를 보면서 문득 이런 말이 떠올랐다.

"우유 먹는 사람보다 우유배달 하는 사람이 더 건강하다."

아줌마의 건강이 부러웠다. 윤이가 아줌마한테 용기를 내서 물어보았다.

"저도 그 우유배달 좀 할 수 있을까요?"

그 말이 떨어지자마자 신기하게도 아줌마가 마치 기다렸다는 듯이 반색을 하며 지금 자기가 하는 걸 맡으라고 했다.

"우리 집에 어린애가 있는데 꼭 배달하러 나갈 시간만 되면 깨서 우는 바람에 그만두려고 했어요. 너무 잘됐네요."

그러면서 배달은 아침에 두 시간만 돌리면 되고 대리점 소장이 지원금도 20만 원씩 준다. 권리금도 없다는 등 모든 게 유리하다며 적극적으로 권유했다. 하지만 윤이는 막상 우유배달을 하려고 하니 체력이 걱정돼서 한 가지 제안을 했다. 월급을 줄 테니 운동 삼아 둘이서 한 시간씩 맡아 돌리자는 것이었다. 그렇게 해서 윤이는 아줌마와 함께 대리점 소장을 만나러 갔다.

그동안 너무 야위어서 퇴짜를 맞을까 봐 여름인데도 풀기가 있는 윗옷을 두 개나 입고 갔다. 대리점 소장은 윤이를 보자마자 단번에 흔쾌히 승낙했다. 생각보다 너무 쉽게 통과된 게 아닌가 하는 기쁨도 잠시 옆에 있던 소장 부인이 고개를 갸우뚱하며 못마땅한 표정을 지었다. 아니나 다를까 퉁명스러운 말투로 불편한 심기를 드러냈다.

"우유배달은 아무나 못 합니다. 하다가 그만두면 우유 먹는 사람 다 떨어지는데 절대 안 됩니다. 그리고 이까짓 걸 혼자 못해서 둘이 배달한다는 게 말이나 됩니까?"

혀를 끌끌 차며 윤이를 바라보는 시선이 곱지 않았다. 윤이는 소장 부인을 충분히 이해할 수 있었기에 거부감이 들지 않도록 조심스럽게 그러나 분명하게 말했다.

"사모님, 두 사람이 배달하면 대리점에선 더 좋은 거지요. 우유가 지금보다 더 많이 들어가게 될 거예요. 그러니 걱정하지 마세요. 잘할게요."

소장 부인은 웃는 얼굴로 자신 있게 말하는 윤이를 보면서 그래도 반쯤은 믿지 못하겠다는 표정을 지었다.

이렇게 해서 전에 아줌마가 혼자 배달할 때는 2시간 걸리던 것을 윤이랑 둘이 나누어서 하니 한 시간이면 일이 다 끝났다. 눈이 오나 비가 오나 꾀도 못 부리고 열심히 배달하니 윤이의 건강이 눈에 띄게 좋아졌다. 거기다 고정 수입까지 생기니 일거양득이었다.

첫날 인수인계한 아줌마하고 아파트를 다 돌고 남은 우유를 슈퍼마켓에 넣으러 갔을 때였다. 슈퍼마켓 청년이 여느 때처럼 윤이와 아줌마를 반갑게 맞아 주었다. 첫날의 어색함 때문에 쭈뼛거리며 아줌마 뒤를 따라 들어선 윤이를 아줌마가 청년에게 소개했다.

"오늘부터 이분이 우유를 갖다 넣을 거예요. 잘 부탁해요."

슈퍼마켓 청년이 그 말을 듣자 갑자기 자리에서 벌떡 일어나 큰 소리로 말했다.

"말도 안 돼요! 아니, 어떻게 사모님이 우유배달을 한다고 하십니까? 왜요?"

아줌마랑 윤이는 청년의 느닷없는 행동에 놀라 아무 말도 못하고 멍하니 쳐다보고 있었다. 그런데 청년이 슈퍼 밖에까지 뛰쳐나가 양손을 들었다 내리며 어이없다는 표정을 지었다.

"이건 말도 안 됩니다."

청년이 허탈한 표정으로 다시 슈퍼 안으로 들어왔다. 윤이는 자신의 초라한 모습을 사람들에게 보이고 싶지 않아 숨고 싶은 심정이었는데, 청년이 이러는 바람에 눈물이 핑 돌았다. 그녀가 마음을 가라앉히고 청년에게 말했다.

"건강이 안 좋아서 운동으로 시작한 거예요. 고마워요."

그 후로 청년은 윤이가 가져오는 우유를 진열대에서 제일 좋은 위치에 놓도록 챙겨주었다. 그녀는 말없이 챙겨주는 청년에게 큰 고마움을 느꼈다. 아마도 아파트에서 윤이 이야기를 모르는 사람이 없다 보니 이 청년도 안타까웠던 것 같았다.

그녀가 우유배달 한다는 소문은 아파트에 빠르게 퍼져 주변 사람들이 집에서 먹을 우유와 요구르트를 주문해 주었다. 그 외에도 그들은 이집 저집을 다니며 지인들의 주문까지 받아왔다. 모두 자기 일처럼 발 벗고 나서서 도와주는 덕분에 우유는 120개에서 200개로 빠르게 늘어났다. 모두 너무 고마웠다.

　　이렇게 한 달 동안을 아줌마랑 같이 일하면서 윤이는 차츰 생기를 찾아갔다. 그러다 아줌마가 집안 사정으로 일을 그만두게 되었고 다시 사람을 모집했다. 소문을 듣고 두 사람이 찾아왔다. 두 사람은 새벽에 한 시간 정도 아파트를 도는 게 운동이 되고 돈도 벌어 너무 좋다며 당장 일을 시작했다. 낮에는 둘이 아파트를 돌며 판촉까지 해 우유 200개가 얼마 안 가서 300개로 늘어났다. 이후에도 계속 우유 개수가 늘어 대리점 소장 부부는 윤이에게 무척 고마워했다. 그녀는 두 사람이 배달하는 우유의 개당 이윤과 대리점 소장이 주는 지원금과 슈퍼에 넣고 남은 것에 대한 수입 모두를 저축했다.

　　그렇게 해서 우유배달을 시작한 지 석 달 만에 건강을 되찾고 돈도 벌어서 아이들에게 사자 발톱이 있는 삼익 피아노를 사주었다. 한편, 아파트 5층 진우네 집에서 아줌마들이 모여 뜨개질과 여러 가지 부업을 하고 있었는데, 그곳에서 한 아줌마가 윤이에게 대놓고 삐쭉거리며 이런 말을 했다.

　　"나는 죽으면 죽었지 우유배달은 못 하겠다."

그들의 눈에는 이른 새벽에 1시간 정도 돌리는 우유배달이 하찮게 보였던 것 같았다. 그러나 우유배달 석 달 만에 윤이네 집에 멋진 피아노가 들어오고 윤이도 규칙적으로 배달하며 운동이 돼 건강을 찾는 것을 보며 인식이 바뀌었다. 얼마 전까지만 해도 그렇게 대놓고 무시하던 아줌마들이 이제는 뜨개질하던 것을 내팽개치고 새벽에 우유배달 하겠다고 여기저기서 나왔다.

어둠이 채 걷히지 않은 새벽에 아파트를 돌다가 윤이랑 마주치면 그들은 자신들이 한 말 때문에 민망해서인지 키득거리며 숨는 사람도 있었다.

어느새 1년이 지나 윤이가 아이들 학교 때문에 이사를 하게 되었다. 그 말을 듣고 사람들이 서로 우유배달을 넘겨달라며 돈을 들고 찾아왔다. 대리점 소장은 넘길 때 보증금을 아주 많이 받으라고 했다. 하지만 그녀는 같이 일하던 두 사람을 불러놓고 이런 당부와 함께 아무 조건 없이 넘겨주었다.

"저한테 사람들이 우유를 넘겨달라고 돈을 들고 찾아왔지만 저는 그동안 같이 고생하신 두 분에게 물려주려고 다 거절했어요. 두 분 끝까지 욕심내지 말고 서로 돕고 잘 사셔야 돼요. 소장님도 좋은 분이니 잘 챙겨주실 거예요."

사비나

매달 첫째 월요일은 성당 반 모임이 있는 날이었다. 구역의 자매들이 만나 신앙생활을 돈독히 하는 시간이었고 따뜻한 유대관계 속에 정담을 나누며 다과나 식사도 함께하는 자리였는데 다들 기다려진다고 했다. 특히 이날은 지난 한 달 동안 각자 어려운 이웃을 챙기거나 좋은 일 한 것을 이야기하는 시간이었다.

윤이는 지난번에 마리나 씨 하고 외국 수녀님이 운영하는 에이즈 환자 시설에 다녀온 이야기를 했다.

"저는 아일랜드에서 오신 미리암 수녀님이 우리나라의 성매매 여성과 에이즈 환자 돌보는 시설을 다녀왔습니다. 지적장애가 있는 아가씨도 에이즈에 걸려 그곳에 와 있었는데, 우리를 보고 반갑다고 손을 잡으려다가 야단맞는 모습이 참 마음 아팠어요. 건장하고 훤칠하게 생긴 청년들이 그곳에 들러 반찬을 가져갔는데 그들도 에이즈에 걸린 사람들이라는 이야기를 듣고 너무 안타까웠어요.

원장실에서 미리암 수녀님을 만났는데 검소하고 무척 인자한 분이었어요. 평생 소외계층을 위해 헌신하며 살아오신 수녀님의 모습에 숙연해졌어요. 수녀님 안색이 창백해 보여 걱정을 하니 대상포진을 앓고 있어서 기운이 없다고 하여 마음이 너무 아프고 눈시울이

붉어졌어요. 수녀님에게 100만 원을 드리며 '이 돈은 수녀님 필요한데 쓰세요.' 했는데 기부 영수증을 끊어 주셨어요. 단감 두 상자와 생선도 가져갔습니다. 이상입니다."

서로를 배려하고 성숙된 신앙으로 이끌어주는 따뜻함이 있는 이 모임은 형제나 자매같이 느껴졌다.

그로부터 며칠 후 반 모임에서 한번 본 적이 있는 사비나라고 하는 아가씨가 이른 아침에 윤이네 집을 찾아왔다.

윤이가 현관 앞에서 사비나를 맞으며 물었다.

"어머! 이렇게 일찍 무슨 일인가요?"

사비나가 대답을 못 하고 웃기만 하더니 수줍은 듯 작은 목소리로 "그냥요." 했다.

윤이는 아무리 보아도 이 아가씨가 무슨 용무가 있어서 온 것 같지는 않아 잠시 문밖에 서서 이야기를 나누고 그대로 돌려보냈다. 그 다음날 오후에 길에서 사비나를 만났는데 그녀가 불쑥 이런 말을 했다.

"나 언니 집에 갔다가 집에 와서 많이 울었어요."

윤이는 무슨 영문인지 몰라 눈을 크게 뜨고 물었다.

"어머, 집에 무슨 일 있었어요?"

"아니요. 사실은 나 언니가 좋아서 집에 찾아갔던 거예요. 그런데 언니가 집에 들어오라고 하지도 않고 그냥 보내서 그게 너무 슬퍼서 울었어요."

윤이는 생각지도 않은 사비나의 엉뚱한 말을 듣고 그만 웃음이
터졌다.

"아유 뭐야, 그럼 진작 말을 하지. 내가 그 시간에 집을 치우지
못해서 그랬어요. 다음엔 미리 연락하고 와요."

윤이는 혹여나 사비나가 그 일로 상처라도 받았을까 봐 웃으며
언제든 와도 된다고 말해주었다. 그 말을 들은 사비나는 다음날부터
아침이 되면 윤이네 집에 와서 설거지며 방 청소 등 닥치는 대로 걸
어붙이고 집안일을 해주었다. 아무리 만류를 해도 막무가내인 사비
나 때문에 윤이는 부지런해져야 했다. 그래서 윤이는 다음날 사비나
가 오기 전에 서둘러서 집안일을 다 끝내 놓았다. 목욕탕집 딸인 사
비나는 카운터에서 윤이 남편이 출근하는 것을 보고 오느라 늦었다
며 그 다음날부턴 더 일찍 와서 일을 해주었다. 그러다 보니 순식간
에 일이 끝나서 집이 깨끗하게 정리가 되었다.

지금까지 혼자 지내는 시간이 많았던 윤이는 사비나가 찾아온
뒤로 생활에 활력이 생기고 시간적 여유를 갖게 되었다. 둘은 따뜻
한 봄 햇살이 가득히 쏟아져 들어오는 창가에 마주 앉아 커피를 마
셨고, 윤이가 선곡한 음악을 들으며 잔잔한 행복을 느꼈다. 비가 오
는 날에는 식탁에 한지를 펴놓고 마주 앉아 차분하게 붓글씨를 썼다.

둘은 피아노를 치고 노래도 부르며 행복해했다.

사비나는 윤이보다 5살이 어린 30살이었는데 성격이 밝고 재치

와 유머가 있어서 윤이에게 늘 웃음을 주었다.

윤이랑 사비나는 자원봉사를 함께 다녔고, 테니스를 치기도 하고 연극을 보러가거나 요리도 하며 바늘과 실처럼 붙어 다녔다. 그런 어느 날, 윤이가 몸살이 나서 누워있으니, 사비나가 얼른 주방에 가서 죽 끓이고 밑반찬을 챙겨 찻상에 받쳐 들고 왔다. 그날 사비나는 연신 생글거리며 이런 말을 했다.

"내가 언니를 위해 뭐라도 할 수 있어서 너무 행복해요. 나는 다음 생에도 언니를 꼭 만날 거예요."

"호호, 다음 생에서 사비나가 날 알아보기나 할까? 그보다 사비나가 얼른 좋은 사람 만나 행복하게 잘 살면 좋겠어."

사비나는 단조로운 윤이의 삶을 바꿔놓은 하늘에서 내려준 천사였다. 윤이네 가족도 이런 사비나를 환영했다.

일요일 저녁에 윤이 부부가 성당을 다녀오는데 어디서 나타났는지 사비나가 뒤에 와서 윤이 손을 꼭 잡았다.

"언니, 내 손 차죠?"

"어머, 언제 왔어? 근데 손이 왜 이렇게 차?"

친근감을 느끼며 되묻는 윤이에게, 사비나가 어두운 표정으로 말했다.

"언니, 나 오늘 테니스장에서 백보드 치는데 어떤 아저씨가 와서 '아가씨가 여기서 운동하는 거 사람들이 싫어해요.'라고 말했어요."

윤이는 그 말을 듣고 마음이 아팠다. 자존심이 많이 상했을 사비나에게 짐짓 장난스럽게 말했다.

"아니, 그 사람 좋으면 그냥 좋다고 하지. 아가씨가 혼자 운동하고 있으니 괜히 관심 끌려고 그랬나 보다."

"언니, 나도 그 사람한테 충격적인 말을 해줬어요."

"뭐라고 했어?"

"아저씨! 저도 사정이 있어서 어쩔 수 없이 운동을 해야 되는 사람이에요. 저는 암에 걸려서 앞으로 얼마나 더 살 수 있을지 몰라요."

윤이는 사비나가 너무 크게 한 방 날린 것 같아 큰소리로 웃었다. 사실 전에 사비나가 테니스 코트 뒤에서 백보드 친다고 했을 때, 사람들이 한마디 하지 않을까 하는 우려를 했었는데 결국 그 일로 사비나가 마음을 다친 것 같았다.

"아저씨들이 내 말에 당황해서 어쩔 줄 몰라 하며 계속 미안하다고 사과했어요."

"아이구, 우린 그런 줄도 모르고 이거 너무 죄송합니다. 요즘 세상엔 암도 마음먹기 따라서 얼마든지 고칠 수 있는 병이니 용기 잃지 마시고 힘내세요."

"우리가 도울 일이 있으면 뭐든지 말씀하세요. 그리고 여긴 언제든지 편하게 와서 운동하세요."

"우리 여기서 이러지 말고 어디 조용한데 가서 차라도 한잔합시다."

그들은 사비나가 안쓰러워 위로에 급급했던 것 같았다. 사비나가 슬픈 감정을 억누르는 듯 먼 곳을 응시했다. 윤이는 사비나가 가여워서 가만히 손을 잡아주었다. 얼마 전에 안 일이지만, 사비나는 간질병을 앓고 있었다. 그런데 굳이 숨기는 것 같아 윤이도 그냥 모른 척하고 있었을 뿐이다.

사비나는 레지오에서 시립병원에 봉사를 갈 때 늘 따라다녔다. 윤이는 사비나의 건강이 염려돼 내심 걱정을 하고 있었는데 그녀는 씩씩하게 앞장서서 행려병자들 머리 감기고, 목욕시키고, 손톱 발톱 깎아주는 일을 아무 거리낌 없이 능숙하게 잘 해냈다. 나이가 가장 어린 사비나는 레지오 팀에 활기를 불어넣는 사랑스럽고 귀여운 분위기 메이커였다. 일을 다 마치고 환자들의 쾌유를 비는 기도를 할 때는, 사비나가 제일 많이 울어서 코끝이 빨개졌다.

"사비나야 절대로 울지 마!"

어느 추운 겨울날이었다. 아랫동네 사는 로사 씨한테서 윤이에게 다급한 전화가 왔다.

"사비나가 우리 집에서 쓰러졌는데 지금 사람을 못 알아봐요. 간질 발작인 것 같아요. 빨리 오세요."

윤이는 그 말에 깜짝 놀라 하던 일을 멈추고 정신없이 로사 씨 집으로 달려갔다. 현관에서부터 사비나를 찾으니 로사 씨가 허둥거리며 나와 작은 방으로 안내했다.

반듯하게 누워있는 사비나는 사람도 알아보지 못했다. 윤이는 사비나가 너무 가엾어서 펑펑 눈물을 쏟으며 뻣뻣하게 굳어 있는 사비나의 온몸을 정신없이 주물러 주었다. 로사 씨도 사비나의 팔다리를 쉬지 않고 주물렀다.

"사비나야, 눈 좀 떠봐. 나 왔어. 언니야."

천사 같은 사비나가 왜 이런 몹쓸 병을 앓고 있는지 너무 슬펐다. 정신없이 온몸을 주무르며 사비나를 또 불러보았다.

이 고통에서 얼마나 힘들고 외로웠을까? 윤이는 사비나가 다음 생에서 언니를 만나면 놓지 않겠다고 버릇처럼 말하던 것이 떠올랐다. 윤이랑 로사 씨는 사비나의 경직된 팔다리를 쉬지 않고 주무르며 성모님께 기도를 드렸다. 그렇게 얼마가 지났는지 한참 후에 사비나가 힘없이 눈을 떴다. 사비나는 윤이를 보더니 아무 말 없이 눈을 감고 눈물만 하염없이 흘렸다. 윤이가 사비나의 눈물을 닦아주면서 다독였다.

"괜찮아. 절대로 울면 안 돼. 앞으론 이 언니한테 의지해. 우선 기운 없으면 안 되니까 내가 먹을 것 좀 사 올게. 사비나 먹고 싶은 거 있으면 오늘 다 말해."

윤이는 사비나를 웃게 해주고 싶었다.

"지난번에 탁구 칠 때, 내가 우리 늙어서 기운 없으면 탁구도 못 치고 어떡하니? 하니까 사비나가 '그럼 우리 앉아서 화투 치면 되죠.' 그랬잖아. 나는 지금도 그 말이 재밌어서 웃음이 나와."

한동안은 둘이 탁구장에 매일 가서 살다시피 할 때였다. 그날은 점심시간에 사람이 없어서 마음 놓고 탁구를 쳤다. 처음에는 서로 부드럽게 공을 잘 넘겨주다가 윤이가 스매싱을 날리니 사비나가 돌변해서 스매싱으로 대응했다. 서로 공격하고 막기에 바쁜 중에도 둘은 연달아 웃음을 터뜨렸다. 그때 박수를 치며 들어오는 대학생으로 보이는 남자애들이 옆에 오더니 학생이냐고 물었다. 윤이는 웃음이 나오는 것을 참고 있는데 사비나가 얼른 받아서 "기예요." 하는 바람에 그만 폭소가 터졌다.

재치 있고 사랑스러운 아가씨 사비나는 전라도 사투리로 윤이에게 늘 웃음을 주었다.

그 후 사비나는 건강 때문에 고향인 전라도 광주로 내려갔는데 그곳에서 윤이에게 수시로 전화를 했다. 카톡으로 날마다 서로의 안부를 묻고 소식을 전했다. 사비나는 그곳에서 재배한 참깨와 채소 등을 보내주었고, 윤이네 식구가 쉬어갈 수 있도록 방도 예쁘게 꾸며놓았다며 휴가 때 내려와서 쉬었다 가라고 성화를 했다.

사비나가 고향으로 내려간 뒤로 윤이는 한동안 허전함을 달랠 길이 없어 우울하게 지냈다.

사비나와 주고받은 카톡을 보며 지난날을 그리워했다.

사비나가 분양해준 구피가 지난밤에 새끼를 낳았다. 구피 두 마리가 그동안 번식을 거듭하더니 그 숫자가 엄청 늘어났다. 큰 어항에서 유영하는 성어들이 풍성한 수초 사이에 숨어있는 치어들을 무자비하게 잡아먹는 바람에 치어 구조가 시급했다. 윤이가 뜰채로 요 신비한 생명체를 하나하나 건져 무사히 치어통에 넣어주고 먹이도 조금 넣어주었다. 신기해서 들여다보고 있는데 카톡이 왔다. 사비나였다.

언니! 오늘은 아침 공기가 조금 쌀쌀하네요.

그곳 사당동에도 봄기운이 찾아왔나요?

숲이 무성했던 그 동네는 늘 내 마음 안에서~ 봄이고,

여름이고, 가을도 있네요

그 옆에 언니도 함께라서~~

오늘도 행복한 하루를 시작해 봅니다.

언니 상큼한 하루 보내세요~~

사비나구나. 잘 지내지? 여기도 어제는 봄비가 내리고 바람이 불어서 제법 추웠어. 우리가 같이 걷던 뒷산의 산책길은 꽃샘추위 속에서도 나뭇가지에 부드러운 숨결로 어린 새싹이 돋아나고 개나리 산수유가 예쁘게 피어나 꽃길이 너무 아름다워. 보고 싶다. 오늘은 환하게 웃음 짓는 사비나 생각이 많이 나서 먼 하늘에 그리움을 실어 보냈어. 언제나 건강하고 행복한 날 되길 바래~~

알프스산맥을 비롯해 세계 곳곳의 경이롭고 아름다운 자연경관과 화려함이 극치에 다다른 인간 문명의 보물들 그리고 서예 그림 등 그 모든 것들을 카톡으로 보내 주셔서 감사드리고, 무엇보다 카톡을 볼 때마다 볼 수 있고 느낄 수 있고 생각할 수 있는 행운을 주신 주님께 항상 감사드린답니다. 더불어 보답으로 언니의 건강을 위해 기도드린다면 선물이 될 수 있을까요? 항상 고마워요. 영육 간에 건강하세요.

고마워, 사비나가 보내준 카톡을 보니 기분이 참 좋다.

어제는 레지오에서 남양성모성지를 갔는데 사비나 생각하며 기도했어. 주님의 은혜와 축복 속에서 사비나가 어머니와 함께 기쁨을 누리고 언제나 건강하고 행복하기를 두 손 모아 빌었어. 항상 건강 조심해. 운동도 열심히 하구…

더위에 잘 계신지요? 신부님의 수기를 보면서 마치 찜통 같은 더위 속에서 우유로 만든 시원한 빙수를 먹고 있는 것 같은 느낌을 정치인들도 알았으면 좋겠네요. 우리가 원하고 바라는 세상 속으로 가서 체험하고 겸손해지는 그런 정치인도 어딘가에 있겠죠? 항상 영양가 있는 글 너무너무 감사드립니다.

안녕하세요? 메리 크리스마스~!

언니 가정에 주님의 평화와 은총을 빕니다. 좋은 글 너무 고맙고 언니와의 인연은 주님의 은총이라 생각하며 항상 감사하게 생각한답니다. 언니의 맑은 영혼과 따뜻한 마음 그리고 우리가 함께했던 소중한 시간들은 아직도 잊혀지지 않는 그리움으로 남아있어요. 늘 걱정 해 주셔서 고마워요. 영육 간에 건강하시구요.

언니! 그동안 바빠서 연락을 못 했어요.

성당 자매님이 소개해서 지난달부터 세 살짜리 남자아이 민우를 돌보고 있어요. 민우는 엄마가 없고, 아빠는 트럭 운전을 하는 사람인데 그동안 아이를 맡길 곳이 없어서 고생을 많이 했나 봐요. 민우가 우리 집에 처음 왔을 땐 영양실조로 잘 걷지를 못했어요. 그런데 영양가 있는 걸 매일매일 챙겨 먹이고 씻겨주고, 병원에 데려갔다 와서 다리 마사지해주고, 온갖 정성을 들이니 인제 걸음이 많이 좋아졌어요. 의사 선생님이 민우를 보고 깜짝 놀라며 어떻게 해서 이렇게 좋아졌는지 그 비결 좀 가르쳐 달라고 했어요. 저는 이 모든 것이 주님의 은총이라고 생각해요. 민우가 얼마나 사랑스러운지 힘이 들어도 너무 행복해요. 언니! 민우가 깼나 봐요. 오늘은 이만 언니 안녕~!

윤이는 한동안 연락이 없던 사비나가 몸이 성치 않은 어린 아기를 데려다 정성껏 돌보고 있다는 소식에 감사했다. 모든 것을 주님의 은총이라며 행복하게 받아들이는 사비나의 고운 마음은 예나 지금이나 변함이 없었다. 삶을 지혜롭고 평화롭게 가꾸는 천사였다. 윤이는 잠자리에 들 때면 그들을 위해 기도를 드렸다.

"주님! 건강이 좋지 않은 사비나에게 힘을 주시고 어린 아기 민우도 잘 좀 보살펴 주세요. 그들에게 축복을 가득히 내려주세요. 우리 주 그리스도의 이름으로 비나이다. 아멘!"

실명의 위기

사비나가 고향으로 내려간 그 이듬해 봄, 에어로빅 학원에서 단체로 수안보 온천 여행을 떠났다. 버스에서 돌아가며 흥겨운 노래를 부르고 재치 있는 말장난도 하다 보니 어느새 도착지에 다다랐다. 단체 예약을 해 놓은 식당에 가서 산채정식을 맛있게들 먹고 1시간의 자유 시간을 받았다.

윤이는 숙희 언니를 따라 시골 장터 여기저기를 구경하고 다녔다. 사람들이 북적이는 신발 파는 곳에도 가 보았다. 그런데 그곳에 신발 파는 남자가 유독 눈에 들어왔다. 그 옛날 박승우 중위를 많이 닮아서였다. 꾸미지 않아도 빛이 나는 외모에 당당한 모습이 그를 연상케 했다. 어디선가 우연이라도 한 번쯤 만날 것 같았던 박승우 중위! 택시 운전을 하면서 자신의 주위를 맴돌겠다던 그의 말이 생각나 웃음이 나왔다.

숙희 언니는 윤이가 잠시 서 있는 동안 산나물과 특산물을 샀다. 그들은 한참을 더 돌아다니다 주변의 조그만 음식점을 찾아 들어갔다. 숙희 언니가 막걸리와 묵을 사서 먹으라며 술을 한잔 가득 따라 주었다.

"언니, 나 술 못 먹어요."

윤이는 못 마시는 술잔을 들고 난처한 표정을 지었다. 그때 마침 다른 일행이 들어와서 윤이가 얼른 그쪽으로 술잔을 넘겨주었다. 그러자 숙자 언니가 두 말도 않고 또 한 병을 시켜서 윤이에게 한 잔 가득 따라서 주었다. 윤이는 기가 질렸다.

"언니, 정말 나 술 못 먹어요."

옆에 있던 일행들이 윤이를 보고 웃으며 한마디씩 했다.

"나 같으면 까무러쳐도 마시겠다."

"그냥 눈 딱 감고 마셔버려요."

라며 부추겼다. 모두 윤이만 쳐다보고 있어서 더는 뺄 수가 없었다. 그래서 눈을 딱 감고 술을 반쯤 마셨는데 뱃속이 찌르르했다. 무언가 이상한 느낌이었다.

그 후 온천욕을 하고 나왔는데 두 눈이 새빨갛게 충혈이 돼 있었다. 처음으로 겪는 일이라 당황해하고 있는데 모두 그런 걱정해 주었다.

"윤이야, 너 눈 어떡해."

"괜찮아?"

"내일 병원에 꼭 가봐."

다행히 저녁쯤 서울에 도착할 무렵이 되어서 충혈이 걷혔다. 그런데 그때부터 목욕탕만 가면 눈이 새빨갛게 돼서 슬슬 걱정이 되었다.

역시나 얼마 안 가서 눈에 이상이 왔다. 혹시 몰라 안과에 가서 검사를 받았는데, 의사가 포도막염이라며 병명을 설명했다.

"이 병은 재발률이 높아서 잘못 치료하면 실명할 수도 있습니다."

대수롭지 않게 생각했던 것이 이렇게 무서운 병이라고 하니 하늘이 무너지는 것만 같았다. 그러나 그 순간에도 친정엄마가 살아계실 때 이런 병을 앓지 않은 것에 감사하며 그나마 불행 중 다행이라고 생각했다. 그리고 남편과 아이들이 아닌, 자신이 아프다는 것에 감사했다. 눈을 감고 벽을 짚으면서 집 안에 있는 물건들을 만져보았다. 그동안 인식하지 못했던 눈의 소중함을 피부로 느끼는 순간들이었다. 윤이는 무서워서 참 많이 울었다. 두려움을 떨구기 위해 냉장고 문에다 글을 써서 붙여놓았다.

"주님은 나를 지켜주시고 나의 양옆에는 천사들이 지켜준다."

이렇게 마음고생을 하며 슬퍼하고 있을 때, 성당 레지오 팀이 많은 도움을 주었다. 그들이 돌아가며 집에 찾아와 기도해준 덕분에 윤이는 많이 안정을 찾았고 힘을 얻었다. 그때 만난 안나 자매는 무척 맑고 호감이 가는 사람이었는데, 조용하고 생각이 깊어 보였으며 윤이에게 성경 구절을 인용한 영적인 도움을 많이 주었다.

매일 안과를 다녔다. 그날도 안과에 가느라 한쪽 눈에 안대를 하고 지하철을 탔는데, 한 꼬마가 윤이 앞으로 쪼르르 오더니 엄마에게 물었다.

"엄마, 이 아줌마 장애자야?"

윤이는 꼬마의 천진스러움이 귀여워서 그냥 웃고 있었는데, 아이 엄마가 황급히 꼬마를 끌어당기며 사과했다.

"이리 와, 그런 거 아니야. 너무 죄송해요."

"아니에요. 괜찮아요."

눈에 안약을 넣으면 사물이 뿌옇게 보였는데, 이 정도라도 보고 살 수 있다면 좋겠다고 생각했다. 그렇게 지하철에서 우울한 마음으로 한참을 멍하니 앉아 있었다. 한쪽 눈을 안대로 가린 데다 나머지 눈도 감고 앉아 있다가 내려야 할 역을 지나칠 뻔했다. 뒤늦게 뛰어갔지만, 문이 그만 닫혀 버렸다. 그때 뒤에 있던 한 청년이 매우 안타깝다는 듯이 말했다.

"아유, 얼른 목을 내밀어야죠."

"어머, 누구 죽으라고요?"

두 사람의 대화에 그의 여자 친구가 청년을 때려가며 웃었고 윤이도 덩달아 한참을 웃었다. 불쑥 내뱉은 청년의 한마디가 우울한 마음을 걷어 주었다.

윤이는 남편의 권유로 명동에 있는 한의원을 다니며 안과와 한방 치료를 병행해서 받고 있었다. 그런 어느 날, 간호사가 접수를 받으며 윤이에게 불쑥 이런 말을 했다.

"잃어버린 너에 나오는 주인공 같으세요. 제 친구들이 김윤이 씨 보고 싶대요."

윤이는 무슨 뜻인지 물어보지 않았다.

매일같이 한의원을 다니는 윤이에게 그녀는 무척 친절했다. 그런 그녀가 어느 날 웃기는 이야기를 해준다고 했다.

"무스로 힘을 줘서 앞머리를 잔뜩 세운 아가씨가 지하철에서 내리려고 하는데 그만 출입문이 닫혔어요. 그 바람에 무스로 힘을 준 앞 머리카락이 출입문에 끼어 아가씨가 그 상태로 다음 정거장까지 갔는데 글쎄 거기선 문이 반대쪽에서 열리는 거예요. 그래서 또 그렇게 매달려 몇 정거장을 더 갔어요. 에휴!"

"어머 어쩜 좋아. 후후후."

"호호호."

그녀가 그 상황을 몸으로 흉내 내는 바람에 둘은 마주 보고 깔깔
대고 웃었다.

그렇게 2년의 세월이 흘렀다. 녹내장까지 갔던 윤이는 그 힘든
상황에서도 모든 것을 감사하는 마음으로 받아들여서인지 눈은 생
각보다 빠르게 회복되었다. 담당 주치의가 시신경도 건강하고 안압
도 정상이라며 아주 치료가 잘됐다고 했다. 윤이는 그동안 마음고생
이 심했는데 세상에 다시 태어난 느낌이었다. 그래서 이 모든 것을
지켜주고 이끌어주신 주님께 감사를 드렸고, 그동안 수고하신 의사
선생님께도 감사의 인사를 드렸다. 그리고 앞으로 남은 인생은 덤이
라고 생각하며 죽을 때까지 봉사하면서 살겠다고 마음속으로 다짐
했다.

윤이는 성당 레지오 팀에서 한국의 마더 테레사라고 불리는 마
리나 씨를 따라다니며 봉사활동을 했다. 마리나 씨는 행려병자, 장
애자, 에이즈 환자, 사형수 등 어렵고 힘든 사람들을 찾아다니며 엄
마처럼 큰사랑으로 한결같이 마음을 써주며 따뜻하게 돌보았고, 팀
을 강행군으로 이끌었다. 팀원들은 누구 하나 불평하지 않고 모두
마리나 씨를 따라 움직였다.

그런데 마음이 여린 윤이는 시립병원에서 봉사활동을 하고 집
에 돌아와서도 보호자도 없이 병원에 누워있는 환자들의 불쌍한 모

습이 떠올라 자꾸만 눈물이 났다. 설거지할 때나 또 다른 일을 하고 있을 때도 그들의 비참한 모습이 떠올라 마음이 아팠다. 그러다 보니 소화도 안 되고 건강에 다시 무리가 오기 시작했다. 윤이는 어떻게 해야 할지 고민하다가 오랜 세월 동안 배웠던 에어로빅을 사람들에게 무료로 가르치기로 마음먹었다. 윤이 자신의 건강과 더불어 지역의 모든 사람에게 봉사한다는 의미가 있었다.

에어로빅은 성당 자매들 7명이 모여 장소를 물색하는 것에서부터 시작되었다. 장소는 뒷산에 넓은 공터가 안성맞춤이어서 그곳으로 정했다. 숲속이고 아늑한 데다 외부에서 잘 보이질 않아 에어로빅을 처음 하는 사람들이 더 좋아했다. 산에서 운동하는 자체로도 힐링이 되는데 신나는 음악에 맞춰 율동을 하니 모두가 싱글벙글 행복해했다. 그렇게 시작한 것이 소문이 나면서 한정된 공간에 사람들이 계속 몰려들어 팔을 뻗기가 곤란할 정도가 되었다.

"우리가 만들어가는 세상은 아름답고 행복한 세상. 이곳에 오면 모든 근심 걱정 다 내려놓고 무조건 웃으세요. 모두 모두 사랑합니다."

그곳에 오는 사람들 대부분은 에어로빅이 처음이어서 동작을 따라 하기가 쉽지 않았다. 서로가 상대의 어색한 동작을 보고 웃다 보면 한 시간이 금방 지나갔다. 그래서 윤이가 처음에는 팔만 따라 하고 그다음에 다리를 따라 하라고 가르쳐 주었다. 이런 식으로 차츰 동작을 익혀 나가다 보니 모두 리듬을 쉽게 탔다. 자연 속에서 산새 소리 물 흐르는 소리가 한데 어우러져 기분이 마냥 상쾌했다. 날마다 모여서 음악에 맞춰 한바탕 경쾌하고 신나는 율동으로 몸을 풀던 그들이 하루는 약속이라도 한 것처럼 이구동성으로 외쳤다.

"우리들은 선생님한테 무척 감사해 하고 있어요."

"날마다 우리가 얼마나 즐겁고 행복한지 이 고마움을 말로 다 표현할 수가 없어요."

"이 시간이 너무 기다려져요. 매일 매일이 행복해요."

"선생님! 존경하고 사랑해요."

윤이도 다 같이 모여 많이 웃고 신나게 운동하는 이 시간이 좋아 일요일도 없이 만나 운동을 했다.

빠른 템포의 Brother Louie 모던 토킹 - 등배운동과 복근운동

Eldorado - 복근 운동과 팔다리를 풀어주는 운동

Touch by touch - 리듬을 타기에 편안하고 몸을 풀어주는 아름다운 동작에 매료되었다.

Andante와 김연숙의 '그날'을 정리운동으로 했는데 위의 단골 메뉴가 등장하면 호응이 좋았고 능숙한 동작으로 잘 따라했다.

설운도 씨의 '다함께 차차차'는 옛날 코미디언 남철 남성남 씨의 춤을 따라 하는 동작이 나오는데, 오른쪽으로 가다가 뒤로 돌고 왼쪽으로 가다가 뒤로 도는 동작에서 엇박자로 나오는 사람이 꼭 한

두 명은 있어서 서로 부딪히고 우왕좌왕하는 통에 그게 우스워 또 웃음을 터트리며 즐거워했다.

처음 시작할 때 성당 자매들이 각자 맡아서 카세트에 드는 건전 지를 돌아가면서 사 왔는데, 야외에서 볼륨을 높이다 보니 건전지값이 생각보다 많이 나갔다. 그래서 의논을 해 총무를 뽑았고 한 달에 오천 원씩 걷어 돈을 관리하며 건전지값을 제외한 남은 돈은 모아서 관내 불우한 청소년을 돕는 데 썼다.

윤이는 이들을 데리고 등산을 다니며 숲속에서 운동하는 모습들을 비디오로 담았다. 화창한 날씨에 자연을 배경으로 모두 경쾌한 음악에 맞춰 아름답고 멋진 율동을 하는 모습이 보기 좋았다. 밝고 건강한 모습이었다.

회원 중, 임신이 안 돼서 고민이던 정희 씨가 임신 소식을 알려 모두의 축하를 받았고, 방광이 약해서 조금만 뛰면 소변을 보러 가야 했던 몇몇 아줌마들이 이젠 한 시간을 무리 없이 운동하고 있다며 감사한 마음을 전했다. 어느 수출회사 사모님인 박 여사는 나이가 많은 분인데 산이 좋아서 이곳에 왔다가 에어로빅을 하게 되었다며 늘 고마워했다. 박 여사는 사람들이 오기 전에 미리 와서 주변을 말끔히 청소해 놓는 등 언제나 주위 사람들을 챙겨주어서 왕언니로 불렸다. 그리고 생일날 남편에게 받은 편지를 가져와 읽어주며 부부애를 과시했던 분인데, 어느 날 무척 휑한 모습으로 나타난 박 여사가 어두운 표정으로 말했다.

"나는 여자가 아니야."

갑작스러운 말에 모두가 의아해서 쳐다보고 있는데, 왕언니가 이어서 말했다.

"남편이 지방에 내려갔는데 집에 안 온 지 석 달이 넘었어요."

그때 중년이 된 지영 씨가 나섰다. 그녀는 왕언니가 무슨 말을 하고 있는지 고민이 무엇인지 꿰뚫고 있는 듯 바로 처방을 내려주었다.

"꿀을 러브 젤로 쓰세요. 여자가 폐경기가 되면 부부생활을 못하는 경우가 있는데 그럴 때 아무 부작용도 없으니 사랑을 나누세요."

뜬금없는 이야기였지만, 젊은 층에서도 호기심을 보였다.

"왕언니, 나중에 후일담 들려주세요. 파이팅!"

왕언니의 푸석한 머리를 보며 안타까워했던 사람들이 웃음을 주었다.

그해 화창한 가을날, 에어로빅 회원들이 아침 9시에 모여 서울대공원으로 나들이를 갔다. 삼림욕장을 돌고 장미원을 지나 코끼리 열차를 타고 돌았는데 모두가 싱글벙글하며 즐거워했다. 쾌청한 날씨만큼이나 기분 좋은 날이었다. 숲속에서 에어로빅도 하고 분위기를 편안하게 이끌어주는 총무가 통닭, 김밥, 과일, 떡 등 푸짐하게 준비해온 음식들을 정답게 나눠 먹으며 이야기꽃을 피웠다.

윤이가 돌아가면서 남편을 처음 만났을 때 이야기를 하자고 제의했는데 먼저 총무가 나섰다. 그녀는 남편 될 사람을 만나면 늘 시간이 모자라 헤어지는 것이 아쉬웠다고 했다. 그런 어느 날 그 사람이 우리 여관에 가서 이야기나 실컷 하자고 해서 그게 좋겠다며 겁도 없이 앞장서서 여관에 들어갔다가 오늘까지 이르게 됐다고 하는 바람에 온통 웃음바다가 되었다.

곱상한 민영 씨는 바로 다음 날 결혼식을 올릴 예비 신랑하고 신혼 방을 꾸미다가 시간이 너무 늦어 그냥 그 집에서 잘 생각을 하고 있었는데, 예비 신랑이 굳이 집까지 데려다주었다고 했다. 민영 씨는 그런 남편이었기에 늘 믿음이 있다고 했다.

다음은 윤이 차례였다.

"친구가 웅변원고를 우리 남편한테 부탁했는데 그 자리에서 몇 장 써준 것으로 교내에서 대상을 받았어요. 그래서 이 친구가 고맙다고 절친이랑 만년필하고 포도를 사서 남편을 찾아갔는데, 이 남자가 자기는 시간이 없다며 만나주지 않았나 봐요. 콧대 높은 이 친구들 자존심이 상해서 그 집 앞에다 들고 간 포도를 다 쏟아놓고 둘이서 질겅질겅 밟아놨다며 욕을 계속해댔어요. 그 말을 듣고 내가 그 사람 한번 만나 골려주고 싶다고 했어요.

그러다 어느 모임에 한 친구를 찾으러 갔는데 그곳에서 사회를 보는 사람이 이곳을 들어가려면 노래를 해야 한다며 마이크를 건넸어요. 나는 사양하지 않고 'Scarborough Fair'를 불렀어요. 노래가 끝나자 사람들이 앙코르를 외치며 분위기를 띄웠고 사회자가 한 곡 더 부르라고 하는데 나는 그냥 손 한번 흔들어 주고 친구한테 갔어요. 친구랑 이야기를 하고 있는데 사회자가 갑자기 분위기를 바꿔 모두 일어나 춤을 추라고 하더니 나한테 와서 어깨에 손을 얹으며 호의를 표시하는 거예요. 나는 그게 기분 나빠서 일어나 팔짱을 끼고 이 사람을 째려봤어요. 그러자 이 사람이 자기 친구를 우리한테 슬쩍 밀어놓고 도망갔는데 나중에 알고 보니 그 사람이 바로 내 친구를 울린 사람이었어요.

바로 그날 내가 친구를 시켜 그를 만나자고 제의를 했는데 그 사람이 자기는 시간이 없다고 하더래요. 그래서 친구가 "후회하실 텐데요."라고 하니, 그때서야 이 사람이 궁금해 하더래요.

'도대체 누굽니까?'

'오늘 모임에 와서 노래했던 아가씨예요.'

'네에? 정말로 그 아가씨가 날 만나자고 했다구요?'

이렇게 해서 친구들이 그에 대한 사전정보를 주었어요. 사법고시 1차 패스를 했다고… 만나고 보니 순수한 건지 멍청한 건지 입이 귀에 걸려 자기에게 이런 행운이 올 줄 몰랐다며 비몽사몽 간에도 내 생각만 했다는 등 좋은 말만 해주었어요. 그래서 나는 이 사람이 공부만 해서 때가 묻지 않아 그런가 보다 생각했어요. 좋아하는 책이랑 작가에 대한 것을 물어서 이어령, 김형석 씨 에세이에 관한 이야기를 했는데, 자기도 그분들을 좋아한다며 호응을 했어요. 그리고 미인은 머리가 없는 편인데 상당히 머리가 좋다는 말을 스스럼없이 하는 거예요. 책에 관한 이야기를 많이 했는데 대화가 잘 통하고 일목요연하게 이야기를 풀어가는 모습에 사람이 꽉 찬 느낌을 받았어요.

그는 만년필을 선물로 주며 이걸로 자기한테 편지를 써서 보내달라고 했어요. 나는 처음에 친구를 위해 한번 골려줄 심산으로 나갔던 건데 너무 적극적으로 나오니 두려워서 거기서 끝내려고 이 사람을 피했어요. 만나주지 않은 거죠. 그때부터 이 사람이 너 아니면 죽는다고 매달리며 중량 오버의 편지를 보냈어요. 그래도 이쪽에서 반응이 없으니 위독하다는 전보가 날아왔어요.

그런 어느 날 낮잠을 자는데 이상한 꿈을 꿨어요. 어딘지도 모르는 깊은 산길을 가다가 소복을 입은 여인을 만나 길을 물으니 그 여인이 슬픈 얼굴로 이런 말을 했어요.

'남편이 누군가를 늘 그리워했어요. 그 사람이 당신이었군요.'

그 말에 깜짝 놀라 꿈에서 깼는데 그 여인의 슬픈 표정이 잊혀지지 않았어요. 이 남자가 죽을지도 모른다는 생각이 들었어요. 그렇게 해서 운명에 이끌리듯 다시 만나 결혼까지 하게 됐어요."

땅거미가 지고 바닥에 찬 기운이 스미도록 둘러앉아서 나누는 그들의 옛이야기는 끝없이 이어졌다.

뒷산에 봄이 오면 땅에서 새순이 돋아나고 온 산에 꽃이 피어나 너무 아름다웠다. 여름이면 녹음이 우거진 숲속에서 새소리를 들으며 산향기에 취했고, 소나기를 맞으면서도 푸닥거리한다며 한바탕 뛰고 나면 싱글벙글 모두가 행복해하는 날들이었다. 가을이면 머리 위로 흩날리는 낙엽에 모두가 시인이 됐고, 겨울에는 흰 눈 속에서 동심으로 돌아가 장난치며 그렇게 또 한 해를 보냈다. 그들은 항상 감사한 마음으로 윤이를 잘 따라주었다.

왕언니는 운동화를 수출하는 집이라며 운동화를 여러 켤레 가져다주었고, 정희 씨는 수삼을 곱게 포장해 가져다주었다. 모두 윤이에게 작은 선물이라도 주고 싶어 하는 마음들이었다.

윤이는 관내 불우한 청소년을 돌보았고, 음식솜씨가 좋은 로사 씨는 그들에게 겨울 동안 먹을 김장을 해서 가져다주었다. 그 무렵 차예진 씨를 알게 됐는데 그녀는 일본 유학 중에 알게 된 어느 유학생과의 사이에서 아이가 생겨 출산하게 된 미혼모였다. 거기다 사기까지 당해 빈털터리로 귀국 후 돌아갈 곳도 없는 현실을 비관하고 자살까지 생각하며 방황하다가 우연히 동네 뒷산에서 에어로빅을 가르치는 윤이를 만나 도움을 받게 되었다. 윤이가 주민센터 사회복지과에 이 사실을 알려 생활지원금도 받고 일본어를 번역하는 일도 맡으면서 새로운 삶을 찾게 되었다.

한편 주민센터에선 윤이가 관내 불우한 청소년을 돕는 것에 대한 감사로 2층 회의실을 개방해 주었다. 그래서 다들 추운 겨울에 야외에서 운동하다가 넓고 아늑한 건물로 옮기게 되니 따뜻했고, 활

196

성화되는 에어로빅에 점점 기대가 모아졌다. 턴테이블이 있는 오디오를 할부로 들여놓고 환풍기도 설치했다. 윤이가 집에서 쓰던 청소기도 갖다 놓으니 그런대로 모양새가 다 갖춰졌다. 무엇보다 정식으로 에어로빅강사를 모셔 오게 되었다.

야외에서 실내로 장소가 바뀌자 회원들이 모두 몸에 붙는 에어로빅복으로 예쁘게 바꿔 입었다. 그동안 운동으로 다져진 탄탄한 몸매는 볼륨이 살아나 아름다웠다. 싱글벙글 모두가 웃는 얼굴로 새로 온 강사를 맞이했다. 강사는 나이가 어리고 곱상해서 첫인상이 좋았다.

준비운동을 시작으로 쿵쿵거리는 음악에 맞춰 빠른 템포로 팔을 뻗으며 몸 전체를 움직이는 동작이 이어졌다. 그런데 다들 기대와는 달리 낯선 음악에 동작이 빠르고 힘들어서 못 하겠다고 여기저기서 주저앉으며 볼멘소리가 터져 나왔다.

"아유, 힘들어서 못하겠어요. 우리하곤 안 맞아요."

강사가 경험이 없어 처음부터 쉬지 않고 뛰기만 해서 그런 것 같았다. 윤이가 턴테이블 속도를 늦추고 앞에서 숨쉬기로 중간 중간 풀어주며 호흡을 맞추니 그들의 불만도 점차 줄어들었다.

회원들이 돌아간 다음에 윤이는 강사하고 둘이 남아 좋은 음악과 마음에 드는 동작을 골랐다. 속도를 조절하고 연습까지 마친 다음, 이튿날 준비한 것들로 운동을 했다. 그때부터 사람들의 호응이 높아졌고 다음 작품을 기대하며 분위기가 한층 좋아졌다. 이렇게 해서 빠르게 자리가 잡히고 소문이 퍼지니 사람들이 몰려들었다. 어느새 인원이 너무 늘어 공간이 비좁아졌고 서로 부딪쳐 팔도 뻗을 수 없는 지경이 되었다. 그런데 문제는 다른 곳에 있었다. 윤이가 늘 이 모든 것은 여러분의 것이라고 강조해왔는데, 몇몇 사람들이 운동이 끝나면 강사를 집으로 데려가서 식사대접을 하고 같이 다닌다는 소문이 돌았다. 이들은 이때부터 뭔가를 꾸미고 있었던 것 같았다. 강사가 7개월을 함께 했는데 갑자기 동기들이 운영하는 곳으로 가게 됐다며 그만둔다고 했다. 윤이가 붙잡으려고 했지만 강사는 이미 결심을 굳힌 듯 확고하게 말해서 더는 방법이 없었다. 그래서 윤이가 이 사실을 회원들에게 알렸는데, 문제의 두 명이 나서서 그것을 기회로 선동하기 시작했다.

그들은 윤이가 강사를 내보내려고 한다는 헛소문을 퍼트렸고, 그 말에 속아서 회원들이 윤이에게 항의를 했다. 그 이튿날은 이른 아침에 그 두 명 중의 한 명인 유은숙이 윤이에게 전화해서 당신 남편도 가만두지 않겠다며 협박을 했다.

너무나 어처구니없는 상황이었다. 분위기가 험악해지자 윤이는 총무와 평소에 우호적이었던 박정숙 씨 그리고 그곳에 나오는 사람 중에서 비중이 있는 김혜란 여사를 만나, 지금 이런 협박을 당하고 있다고 사실대로 털어놓았다.

"좋은 일로 시작했는데 너무 힘들어서 못하겠어요. 제가 미련 없이 그만두겠습니다. 이제부턴 여러분들이 맡아서 여기를 운영해 주세요."

그 말에 모두 깜짝 놀라며 말도 안 되는 소리라고 목소리를 높였다.

"아니 이것들이 미쳤나. 도대체 왜들 그러는 거야?"

"세상에 기가 막혀서. 별 미친것들 다 보겠네. 아니 여기에 남편이 왜 나오냐구?"

"그러게 말이야. 고마운 것도 모르고 어떻게 그런 인간들이 다 있냐?"

"원장님! 우리가 절대로 가만있지 않을 거예요. 이것들을 그냥 두면 안 돼요!"

그들이 분개하며 새로 운영을 맡은 문제의 두 명을 주시하게 됐다. 윤이는 지금까지의 지출 내역 장부를 내놓고, 오디오 할부금을 갚으라고 전한 뒤 그곳을 떠났다. 그 뒤 윤이를 누구보다 잘 아는 총무를 비롯한 몇몇 사람들이 문제의 강사가 더는 그곳에 발을 붙이지 못하도록 쫓아냈다. 그날 총무는 홀로 외롭게 떠나는 윤이를 지켜주어야 한다는 사명감을 가지고 주민센터에 이 사실을 알렸다. 그래서 그들은 하루아침에 주민센터에서 쫓겨나 다른 건물로 옮겨야 할 처지가 되었다.

그때부터 건물 월세와 오디오 할부금 등 여러 지출이 늘어나 회비도 더 걸어야 하는 등 운영하는데 고생이 말이 아니었다고 했다. 총무는 그들이 다른 건물로 이사를 한 뒤에도 그쪽으로 매일 출근하듯이 가서 그곳 주동자들이 총무를 프락치라고 불렀다는 말도 들려왔다.

윤이는 그 일을 털어버리고 수영을 다녔다. 반년쯤 지났을 무렵, 그곳 운영을 감시하던 사람들이 만나자고 했다. 윤이는 총무와 함께 약속 장소에 나갔는데 그곳에 문제의 두 명도 나와 있었다. 그들은 그동안의 할부금 갚은 통장을 내밀며 이것 때문에 그만두지도 못했는데 오늘 이 돈을 다 갚았다며 에어로빅도 곧 문을 닫는다고 했다. 그리고 덧붙여서 이런 말도 했다.

"우리를 옆에서 좀 더 지켜보고 잡아줬으면 이런 일이 없었을 텐데 그동안 우리도 고생을 얼마나 많이 했는지 이렇게 살이 쪽 빠졌어요."

그러고 보니 젊고 탄력 있던 사람들이 그동안에 너무 초라하게 변해 있었다. 좋은 뜻으로 시작했던 일이 이렇게 끝난 것을 두고 사람들은 그들을 비난했다. 총무는 그동안 묵묵히 윤이 곁을 지켜주고 있었는데 이 일이 모두 마무리된 후로는 통 보이질 않았다.

"삶이 그대를 속일지라도 노하거나 슬퍼하지 말라."

힘들어하던 윤이를 끝까지 지켜주었던 총무의 따뜻한 위로와 그의 온기는 세월이 가도 잊혀지지 않는 그리움으로 남았다.

수영

윤이는 아이들을 키우면서 봉사활동도 하고 틈틈이 자기 계발도 했다. 친구들이랑 테니스도 치고, 문화센터에 가서 팝송도 배우고, 한 계절이 지나면 다시 에어로빅, 수영 등을 하며 바쁘게 지냈다. 초연하게 자신의 삶을 가꾸며 내면에 어둠이 들지 않도록 가치 없는 일은 돌아보지 않았고, 총명하고 씩씩하게 자라는 아이들에게 모든 정성을 쏟았다.

윤이는 친구가 선릉역에 있는 상록회관을 추천해서 그곳에 가서 수영을 끊었다. 수자 언니를 처음 만난 것은 바로 그날이었다. 먼저 등록을 한 수자 언니가 그 옆에서 친구들하고 이야기하고 있다가 윤이에게 와서 말을 붙였다. 인상이 선해 보이고 고상한 인품이 돋보이는 사람이었다.

"수영하러 왔어요? 우리는 대학 동창 셋이 왔어요. 전에 수영 배우러 왔다가 그만 두고 이번에 다시 배우러 왔어요."

"그때 영선이가 죽는 바람에 우리가 그만뒀잖아."

"그래 멀쩡하던 애가 갑자기 그렇게 되니까 우리가 겁을 먹고 몇 년을 못하고 있었지."

"수영할 때 체력 소모가 많아 잘 먹어야 하는데 다이어트 한다고 안 먹어서 그런 경우가 있을 거예요. 제가 아는 사람은 살이 너무 빠져 탄력을 잃었더라고요."

"맞아. 수영할 때 곰국 끓여놓고 먹어야 한대. 먹는 걸 잘 먹어야 돼."

첫날 강사는 선이 아름답게 쭉 뻗은 윤이를 모델로 수업을 진행했다. 발차기를 하고 수영장을 돌며 음파를 하는데 강습생들이 많아 진행이 느렸다. 수업이 끝난 후 윤이가 수자 언니와 그 친구들에게 스트레칭과 에어로빅을 가르쳐 주며 잠시 몸을 풀었다. 구경하던 강습생들이 와서 따라 하며 다들 너무 좋아했다.

그렇게 수영을 배운지 한 달쯤 됐을 때, 수자 언니가 윤이에게 와서 팔짱을 끼며 친구들에게 말했다.

"나는 이런 스타일 좋아해."

윤이는 그때 화장을 하지 않은 깨끗한 얼굴에 베이지색 진 바지와 오렌지색 줄무늬 티셔츠를 입었고 하얀 운동화를 신은 수수하고 꾸밈없는 모습이었다.

강습생들 중에서 나이가 어린 편인 윤이는 천성이 밝고 잘 웃어 주위를 밝게 만들었고 활력소 역할을 해 모두들 그녀를 좋아했다. 6개월에 걸쳐 자유형, 배영, 평형, 접영을 순서대로 배웠는데 윤이는 호흡이 딸려 고생을 많이 했다. 라인을 돌다 윤이가 힘이 들어 한쪽 끝에서 쉬고 있으면 사람들이 윤이 곁으로 모여들었다. 친밀감에 사람들은 눈만 마주쳐도 웃었다.

라인 끝에 모여든 사람들에게 윤이가 장난스럽게 말했다.

"재밌는 얘기 하나 해줄까요?

남자가 선을 보러 갔는데 여자가 너무 앞서갔어요.

'우리 애기 생기면 이름을 뭐라고 지을까요?'

이 말에 남자가 기가 차서 가관이라고 하니까, 여자가 반색을 하
며 '그게 좋겠네요. 그럼 우리 가관이로 하입시다.' 그러더니 헤어질
때 '가관이 아버지 가입시데이.'라고 하더래요."

모두 웃음바다가 되었다. 윤이 옆에서 듣고 있던 경상도 언니가
말했다.

"대책 없는 그 여자 우짜면 좋노?"

"그러게요."

또 웃음이 끊이질 않았다.

FM 음악방송에서 들은 이야기였다. 처음에 서로 서먹해 하던 강
습생들이 윤이의 장난에 익숙해져 함께 어울리면 늘 웃음꽃을 피었
다. 이렇게 강습생들이 장난치는 모습을 멀리서 지켜보던 강사가 잠
수를 해 그녀들 앞에 불쑥 나타났다. 그 바람에 강습생들이 화들짝
놀라며 또 웃음을 터트렸다. 강사가 두 손으로 얼굴에 물을 한번 쓸
어내리고 윤이를 앞세워 능숙한 영법으로 라인 절반을 따라가며 밀
어주었다. 그 뒤로 대열은 자연스럽게 맞춰져 수업이 그대로 진행되
었다.

친언니를 닮은 수자 언니는 매달 강사에게 수고비 주는 것을 대표로 윤이가 전하게 했다. 강사는 20대 후반이고 키가 작은 편인데 조각 같은 얼굴에 균형이 잘 잡힌 미남이어서 아줌마들에게 인기가 대단했다. 그런데 지각하는 사람들을 어찌나 혼내는지 모두들 강사를 무서워했다.

그런 어느 날 윤이가 지각을 해 겁을 내며 몸을 움츠리고 살금살금 안으로 들어가고 있는데, 강습생들이 어느새 보고 일사불란하게 움직여 강사 앞을 가려줘 무사히 통과했다.

그 후론 서둘러서 일찍 다녀 아무 탈이 없었는데, 하루는 생각지도 않은 마을버스가 파업을 해서 또 지각을 했다. 마을버스를 타고 가서 지하철을 타고 또 한 번 갈아타야 했던 윤이는 10분이나 늦었다. 고민이 됐다. 선생님에게 혼이 날까 봐 고개를 숙이고 조심히 들어가고 있는데 중간쯤 갔을 때였다. 수영장 안에서 윤이를 보고 가슴 졸이던 강습생들이 갑자기 약속이나 한 것처럼 윤이를 향해 "와아!" "오호!" 하며 큰 소리로 환호하고 손뼉까지 쳐주었다. 윤이는 너무도 갑작스런 일에 당황해서 그 자리에 얼어붙은 사람처럼 두 손을 모으고 서서 선생님을 바라보았다. 호랑이 선생님이 이 환호 속에 등장한 윤이를 보고 영문을 몰라 어리둥절해하며 수자 언니랑 주위 사람들에게 무슨 일이냐고 계속 묻기만 했다.

"왜 그래요? 이분 동생이에요? 저 사람한테 다들 왜 그러는 거예요?"

　당시 상황은 윤이가 들어올 때 선생님이 설명 중이어서 강습생들이 앞을 못 가려주고 마음만 졸이다 선생님이 윤이 쪽으로 고개를 들자 화들짝 놀라 누가 먼저랄 것도 없이 와! 오호! 하다 동시에 손뼉까지 쳐줘서 그렇게 된 거였다.

　강습을 받은 지 6개월이 지나니 모두들 수영을 잘했다. 수자 언니도 기우뚱기우뚱하며 자세는 좀 우습지만 물에 뜨기 시작했다. 아직 물에 뜨지 못해 계속 고전하고 있는 윤이가 이 광경을 보고 물었다.

　"와아! 신기하다. 언니 어떻게 해서 떴어요?"

　"후훗, 나 하도 안돼서 관세음보살 하니까 이렇게 떴어요."

　윤이가 알았다고 고개를 끄덕였다. 마음을 편안하게 갖으려고 잠시 서 있다가 숨을 크게 들여 마신 다음 몸에 힘을 빼고 팔을 앞으로 쭉 뻗으며 "관세음보살!" 하고 외쳤는데 팔을 돌릴 때 힘이 들어갔는지 아니면 천주교 신자여서 그랬는지 도저히 몸이 뜨질 않았다. 그렇게 자유형, 배영, 평형, 접영을 다 배웠는데 그때까지도 그녀는 호흡 때문에 고생만 하고 있었다. 그러다 친구 따라 안양 종합운동장에 있는 수영장을 갔는데 그곳엔 부력이 있어서였는지 윤이도 드디어 물에 뜨기 시작했다.

　그때부터 자신감이 붙은 윤이는 팔을 쭉쭉 뻗으며 자유형에서 접영까지 무난하게 동작을 해냈다. 그런 윤이의 동작을 보고 수자 언니가 강사에게 요구했다.

"나도 이 아우처럼 가르쳐 주세요."

입술을 불퉁하게 내밀고 말하는 수자 언니의 모습에 강습생들이 모두 웃었다.

수지침

강습생들에게 수지침을 가르쳐 주기로 한 날이었다. 탈의실 공간이 비교적 넓은 편이어서 일찌감치 자리 잡고 앉은 사람들이 윤이를 기다리고 있었다.

윤이는 그들에게 준비해간 침과 침봉 그리고 복사한 프린트를 나눠주고 수지침을 가르치기 시작했다. 사람들이 둘러앉아 있으니, 다른 반 사람들이 궁금해서 왔다가 벌거벗은 채로 모여들었다.

윤이가 왼손을 위로 들고, 오른손으로 왼쪽 손가락을 하나하나 짚으며 '간 심 비 폐 신' 하고 신체에 해당하는 부위를 설명해 나갔다. 손바닥 앞면과 뒷면에 중요한 혈 자리를 설명하다가 뒷줄에 벌거벗은 사람들을 보니 그만 웃음이 빵 터졌다. 윤이가 그들을 향해 "적으세요." 하고 짓궂게 한마디 하니 그제야 서로의 벗은 몸을 보며 한바탕 웃었다.

이렇게 만나면 허물없이 웃고 떠들면서 유쾌한 시간을 보냈다.

그러다 겨울이 왔는데, 윤이는 수영을 하고 나오면 감기에 걸리는 날이 많았다. 교통도 불편해서 고생하던 윤이는 당분간 수영을 쉬기로 했다.

그 후 수자 언니가 윤이네 집으로 전화를 해 계속 그쪽 소식을 전해주었다.

"사람들이 윤이 씨가 없으니 재미도 없고 쓸쓸하다며 그만두겠다고 해요."

그리고 또 전화가 왔다.

"우리 반이 사람이 없어서 곧 해체될 것 같아요."

수자 언니의 말에는 많은 아쉬움이 묻어있었다. 윤이도 안타까웠지만 다시 나갈 엄두를 못 내고 있었다.

그 후 1년이 지났는데 수자 언니한테서 전화가 왔다.

"다들 그때를 잊지 못하겠대요. 우리 다시 뭉칩시다. 나도 그때가 너무 그리워요."

윤이도 수자 언니랑 모두들 보고 싶고 그때가 그리웠지만, 교통이 불편해서 아무래도 무리였다. 그동안 윤이는 노인대학에서 에어로빅과 요가를 접목해서 가르치고 있었고, 종로에 있는 학원을 다니며 어학 공부도 하고 있어서 쉴 틈 없이 바쁘게 지내고 있었다. 그렇게 잊고 살다가 수자 언니한테서 또 전화가 왔다.

"우리 딸이 롯데호텔에서 결혼하는데 윤이 씨를 초대하고 싶어서 연락했어요. 가까운 사람들만 초대하는 자리예요. 윤이 씨는 우리 가족들한테 내가 이야기를 많이 해서 다들 보고 싶어 해요. 꼭 와야 돼요."

그 후로도 수자 언니는 윤이를 잊지 못하고 이따금씩 전화로 그리움을 실어 보냈다.

노인잔치

데레사 수녀님이 "성당에 노인잔치가 있는데 젬마 씨가 레지오 단원들하고 와서 에어로빅 좀 해줘요." 하고 요청하셨다. 그런데 다들 왜 그렇게 바쁜지 서로 일정이 맞지 않아 애만 쓰다 날짜가 다가와 윤이 혼자 노인잔치에 가게 되었다.

수녀님이 큰 기대를 하고 있다가 윤이 혼자 나타난 것을 보고 실망하신 눈빛이었다. 성당 안에는 일찌감치 제대를 한쪽으로 옮겨 놓았고 에어로빅을 할 수 있도록 자리가 넓게 마련돼 있었다. 윤이는 약간 머쓱했지만, 주눅 들지 않고 혼자 위로 올라가 중앙에서 큰 소리로 말했다.

"할아버지 할머니! 오늘 날씨 너무 좋지요? 우리 이런 날에 한 번 날아 볼까요? 제가 여기서 하는 동작을 그 자리에서 팔만 따라 해보세요."

윤이가 신바람을 일으키며 구령을 붙이고 양팔을 옆으로 크게 저으며 앞으로 발을 옮겨 휙휙 날아가는 동작을 했다. 경쾌하게 팔을 겨드랑이에 붙이며 손을 위아래로 크로스, 다리를 왼쪽으로 보내고 상체를 오른쪽으로 틀어주는 동작을 했는데 할머니 할아버지들이 잘 따라 하셨다.

다음은 스트레칭이었다. 김연숙의 '그날'을 틀어놓고 음악에 맞춰 목과 팔, 다리, 등을 골고루 풀어주는 동작으로 마무리했다. 편안한 동작이어서 모두 쉽게 따라 하며 즐거워했다. 박수가 터져 나오고 윤이가 단상을 내려오는데 수녀님이 엄지를 치켜 보였다.

그날, 성당에서 봉사하던 사람들이 어디서 윤이에 대한 이야기를 들었는지 그녀를 쫓아와 생각지도 않은 강의 요청을 했다. 처음 보는 사이인데도 따뜻한 마음이 통해 쉽게 대화가 오갔다.

"호호, 특별히 가르쳐 줄 게 없는데… 그럼 에어로빅하고 수지침 가르쳐줄게요."

"네, 선생님 너무 좋아요. 준비물도 말씀해 주세요."

"수지침을 준비해야 되는데 누가 대표로 가서 사 오세요. 프린트는 제가 가져갈게요. 날짜 맞춰보고 연락 주세요."

성당 기도 방에는 평일 미사를 마친 많은 사람이 일찌감치 와서 기다리고 있었다. 밝은 미소로 윤이를 맞이하는 그들의 시선은 따뜻했다.

"안녕하세요? 반갑습니다. 오늘 여러분에게 수지침과 에어로빅 그리고 생활에 유익한 정보를 소개해 드리겠습니다."

윤이가 준비해간 프린트를 안나 씨가 자매님들에게 나눠주고 나서 수지침을 가르쳐주었다. 모두들 설명을 놓치지 않으려고 열심히 따라하는데 서툴러서 먼저 배운 몇몇 사람들이 윤이랑 같이 다니며 각자들 손바닥에 수지침 놓는 것을 점검해 주었다.

기초만 알면 일상에서 충분히 활용할 수 있는 단계까지 설명해 주고 다음은 민간요법으로 유용하게 쓰이는 소금물에 관한 이야기를 했다.

"첫 번째

굵은 천연소금과 물을 1:3으로 넣고 끓이면 농도가 짙어지는데 끓을 때 위에 뜨는 뻘은 걷어내고 하룻밤 재우면 침전물은 가라앉고 위에 맑은 물이 뜹니다. 이 맑은 물을 패트병에 담아 목욕탕에 놓고 양치 후 5분 정도 물고 있으면 건강한 잇몸과 치아를 만들어 줍니다. 이가 시리거나 아플 일 없고 충치도 생기지 않습니다. 주부들이 주방에서 손가락을 다치는 일이 있을 텐데 그럴 땐 지혈 후

소금물에 적셔주면 뒤탈이 없습니다. 소독약 대신 사용한다고 생각하세요.

-제가 해외여행 가서 있었던 일이에요. 가이드가 휴식 시간을 줘서 일행들하고 잔디에 앉아 있는데 갑자기 눈에 뭐가 들어갔는지 벌레가 뱅글뱅글 도는 것 같았어요. 거울을 봐도 아무것도 없는데 눈 안에선 계속 돌고 있으니 참으로 급박한 상황이었어요. 그때 물약통에 넣어간 소금물을 눈에 몇 방울 넣으니 금방 그 느낌이 사라졌어요. 소금물에 벌레가 죽었던가 봐요. 아마 그때 소금물이 없었다면 병원을 찾아간다고 해도 눈에 타격을 많이 받았을 거예요. 소금물이 눈에 들어가면 눈물이 나와 희석이 되니 걱정하지 마세요.

-애기들이 땀띠가 났을 때 따뜻한 소금물에 푹 적셔주면 깨끗하게 나아요. 염증에 탁월한 효과가 있어요.

두 번째

어린아이들이 천식이나 아토피가 있으면 줄넘기나 점핑기구 트램펄린에서 매일 뛰게 하세요. 혈액이 맑아져서 반드시 치유됩니다.

세 번째

아이들이 코피가 자주 나거나 지혈이 안 될 때 연근이나 당근을 갈아 먹이세요.

네 번째

생감자를 위가 아프고 신물이 오를 때 갈아서 밑에 가라앉은 전분과 그 물을 흔들어 식전에 마시면 속이 편안해집니다. 알칼리성인 감자가 위산을 중화시키는 천연 제산제 역할을 해 위궤양이나 위염으로 고생하시는 분에게 특효약이 됩니다.

다섯 번째

오징어 뼛가루는 위장병에 좋아요. 위산을 중화시켜 속쓰림이나 위산과다에 효과가 있고 지혈이 됩니다. 암 환자가 입 안이 헐고 잇몸에서 피가 나 지혈이 안 된다고 해서 가루를 잇몸에 발라준 적이 있는데 즉효였어요.

여섯 번째

계피의 놀라운 효능과 활용법을 알려드릴게요.

계피가 좋다는 것은 다들 알고 있지만 먹기가 쉽지 않았을 거예요. 밥할 때 2인분 쌀에 계핏가루 1/3 티스푼을 넣고 취사를 하면 계피 맛이 느껴지지 않고 먹기가 좋습니다. 천식이나 기침감기에 효과가 있습니다.

-주변에 무릎 관절 아픈 사람들이 계피를 먹고 나았다고들 하는데 혈관 청소가 돼서 그렇다고 합니다.

-마른 계피를 경동시장이나 인터넷에서 사서 진하게 끓여 패트병에 담아두고 여름내 사용하세요. 침대에 계피 물을 분무기로 뿌려주면 진드기가 숨을 못 쉬어서 죽고 벌레도 퇴치합니다. 모기에 물렸을 때 바르면 가렵지 않으니 활용하세요.

일곱 번째

얼굴에 검버섯이 생겼을 때 꿀을 발라보세요. 몇 번만 바르면 신기하게 없어집니다.

여덟 번째

머리 염색할 때 계란 노른자랑 식용유를 한 스푼 넣고 해 보세요. 노른자가 머리에 영양을 줘서 머리숱이 풍성해지고 옻 타는 성분이 해독됩니다. 식용유는 염색을 오래 지속되게 한다는 TV 실험이 있었습니다.

아홉 번째

커피포트에 수저를 거꾸로 넣고 끓이면 소독이 돼서 늘 기분 좋게 사용할 수 있습니다.

다음은 젊은 엄마들이나 손주를 키우는 할머니 할아버지들에게 도움이 되는 정보입니다.

열 번째

어린 어린아이들에게 한글을 가르칠 때 놀이로 가르치세요. 동화책을 펴 놓고 같은 단어 찾기를 하면 아이들이 한 달 안에 책을 읽어요. 숫자는 돈을 만들어 물건 사고 파는 놀이를 하면 암산능력도 생기고 재미있게 배워요.

열한 번째

부부 대화법입니다. 부부싸움 후 '참을 수 없는 존재의 가벼움 후회하고 있어요'라는 문자 한번 보내 보세요. 만사가 OK입니다.

아유, 적는다고 다들 힘드셨죠? 이번에는 제 이야기 하나 할게요.

얼마 전에 있었던 신기한 이야기예요. 시골에서 지인이 농사지은 배추 40포기를 보내줘서 앞집 아줌마랑 절여 놨는데, 배추가 너무 많아 이 김장을 어떻게 다하나 걱정이 돼 '성모님! 저 좀 도와주세요.' 하고 기도를 했어요. 사실 우리 집 김장은 안 해도 되는데 주위에 어렵게 사는 사람이 많아 나눠주려고 그 일을 하게 됐어요. 그날 밤늦게 잠자리에 들었는데 꿈속에서 대녀가 김장하러 왔다며 젓국을 들고 왔어요. 그 꿈이 너무도 생생해서 반포에 사는 대녀한테 전화를 할까 하고 망설이다 그만두고 아침부터 배추를 씻고 부산을 떨었지만 저녁 때까지도 일이 끝나지 않을 것 같아 마리나 형님에게 도움을 청했어요.

마리나 형님에게 전화를 하고 얼마 되지도 않았는데 아파트에 사는 자매님들을 데리고 짠 하고 나타났어요. 다들 머리에 비닐 캡을 얌전하게 쓰고 채칼, 고무장갑, 김장 버무리는 멍석처럼 생긴 매트까지 들고 있는 모습에 울컥했어요. 뒤이어 앞집 아줌마랑 성당 반장님까지 합세해 모두 5명이 마리나 형님의 진두지휘 아래 일사불란하게 속을 다지고 버무리는데 저는 미처 재료를 다 챙겨주지 못하고 우왕좌왕했어요. 그때 아래층에 사는 루치아 씨가 시골에서 시어머님이 손수 담그신 젓국이 맛있다며 집에 가서 큰 통으로 절반이나 되는 것하고 고춧가루까지 들고 와 섞어서 속을 버무리니 최고로 맛있는 김치가 뚝딱 완성됐어요.

일이 다 끝나고 너무 신기해 자매님들에게 지난 밤 꿈 이야기를 하니 성모님이 도우셨다며 모두 놀라워들 했어요.

우리가 힘들 때 등 뒤에서 도와주시는 주님이 계시다는 것 잊지 마시고 우리 모두 주님의 자녀로 복되게 살아갑시다."

간단한 운동으로 몸을 가꾸고 질병을 예방하는 방법 등 여러 가지 상식을 알려주고 끝을 맺는데 다들 아쉬워했다.

"계속했으면 좋겠어요."

"우리에게 필요한 정보를 알차게 가르쳐 주셔서 잠시도 눈을 뗄 수가 없었어요. 너무 감사합니다."

"선생님 우리 다음에 이런 시간 한 번 더 가져요."

"젬마 자매님은 대체의학 쪽으로 나가셔야 해요. 하느님이 주신
달란트가 너무 많아요."

강의를 위해 수지침을 준비하느라 고생했던 안나 씨가 말했다.

"저희에게 좋은 인연 만들어주셔서 감사드려요."

강의를 마치고 다 함께 바지락칼국수를 먹으러 가서 윤이가 웃
기는 이야기를 했다. "제가 밤껍질 속의 버니가 주름이 펴진다고 해
서 버니 끓인 것을 목욕탕에 가져갔어요. 그런데 깜빡 잊고 목욕하
고 그냥 나와, 목욕탕 아줌마한테 주면서 '이거 얼굴에 바르면 주름
이 펴진대요. 밤껍질 속에 있는 버니니까 좋을 거예요.' 했어요. 그
후에 아줌마를 만나 지난번에 어땠냐고 물으니 그 아줌마가 '아유
나 그때 집이 때문에 죽을 뻔했어. 세상에 얼굴이 까맣게 돼 가지고
아무리 씻어도 생전 벗겨지질 않아 얼마나 고생했는지 몰라.' 그 말
이 너무 웃겨서 죽는 줄 알았어요. 뒤에 사과를 한 보따리 가져다드
렸는데 지금도 그 생각만 하면 너무 웃겨요."

넉넉한 인간성으로 늘 웃음 주는 그녀의 주변에는 언제나 사람
들이 모여들었다.

인자한 할머니

일요일 아침에 윤이 부부가 일찌감치 관악산을 다녀오는데, 집 앞에 낯익은 할머니가 화단에 놓인 돌 위에 수건을 깔고 앉아 계셨다. 이제나 저제나 하고 윤이 올 때만 조바심을 하고 기다리던 할머니는 윤이를 보자 반색을 하며 일어나셨다.

"나 오늘 이사 가는데 인사나 하고 가려고 여태 기다렸다우."

초여름이라곤 해도 이른 아침이어서 아직은 쌀쌀한 날씨였기에 윤이는 할머니 걱정이 앞섰다.

"할머니, 왜 돌에 앉아 계셨어요? 추우실 텐데 우선 저희 집에 들어가셔서 몸 좀 녹이세요. 근데 갑자기 어디로 가시는 거예요? 섭섭해서 어떡해요?"

그동안 할머니하고 정이 많이 들었던 윤이가 못내 서운해서 할머니를 안으로 모시려고 하니 할머니가 손사래를 치셨다.

"이젠 됐수. 나 그동안 얼마나 고마웠는지 몰라. 집이 저 아래 시장 있는 데야. 차가 기다려서 인제 그만 가봐야 해. 잘 있어요."

할머니는 섭섭해하는 윤이를 토닥여주곤 조그만 짐차가 있는 곳으로 서둘러 떠나셨다. 코끝이 찡했다. 힘들게 사시면서도 인자한 모습에 웃음을 잃지 않으셨던 할머니가 멀어져 더는 보이지 않을 때까지 윤이는 그 자리에 마냥 서 있었다.

윤이는 집 앞 골목을 지나다니며 그곳에 평상을 펴 놓고 앉아 계시는 할머니들에게 말동무도 돼주고 무릎에 뜸 뜨는 방법을 알려드렸다. 어느 날 다리가 아파 힘들어하는 할머니들을 보고 가르쳐드리게 된 것인데, 할머니들은 뜸을 뜨고 나서 무릎이 많이 좋아졌다며 윤이가 지나가면 무척 고마워하셨다.

하루는 그곳에서 제일 큰 이층집에 사시는 할머니가 이 할머니 좀 봐 달라고 해서 윤이가 다리에 뜸을 뜨고 가슴에 아픈 부위를 찾아가며 압봉을 넓게 붙여드린 적이 있었다. 이 할머니는 지하 단칸방에 어렵게 살면서도 세간이 깔끔하게 정리돼 있고 온화한 모습에서 친정어머니 같은 따뜻한 정이 느껴졌다. 할머니는 다리 한쪽에 혈이 통하지 않는지 검은빛이 돌아 윤이가 경동시장에서 지어온 환(지네, 당귀, 백출, 유근피, 천마)을 갖다 드렸다. 그 후 할머니가 윤이를 불러서 다리를 걷어 보이는데 신기하게도 다리의 혈색이 좋아지셨다.

"그 약 먹고 내 다리가 본색으로 돌아왔어. 정말 고마워요."

그렇게 할머니들은 평상에 둘러앉아 아픈 곳에 뜸을 뜨고 화투도 치셨는데 골목을 지나가면 불러서 수박이라도 먹고 가라며 붙들었다. 할머니들이 그동안 뜸 뜬 자리를 보여줬는데, 어떤 분은 뜸을 너무 떠서 흉이 생긴 무릎을 보여주며 말씀하셨다.

"아프지만 않으면 돼. 내가 이제 시집을 가겠어? 뭘 하겠어? 이런 흉은 아무렇지도 않아."

"그럼, 이게 무슨 대수라고."

"그려, 그려. 안 아프면 되는 거여."

할머니들이 맞장구를 치며 웃으셨다.

그러자 이 할머니가 가슴을 걷어 보이며 그동안의 일을 자랑스럽게 들려주셨다.

"나는 이 압봉을 한 달 동안 붙이고 다녔어. 그랬더니 아픈 데가 없어졌어. 인제 다 나았나 봐."

"아니, 할머니 목욕하실 때 압봉이 떨어졌을 텐데 어떻게 그걸 지금까지 붙이고 계셨어요?"

"응, 나는 여기를 닦아내기만 했어."

"이 더운 날에요?"

윤이는 벌어진 입을 다물 수가 없었다. 이 할머니는 얼마 전까지만 해도 백내장으로 윤이 얼굴을 못 알아봐서 목소리만 듣고 그쪽에 대고 합장을 하셨던 분이었다.

할머니는 윤이에게 뭐라도 주고 싶어서 텃밭에 있는 머위, 쑥, 냉이, 돈나물을 다 못 먹으니 마음대로 갖다 먹으라고 하셨다. 할머니의 따뜻한 사랑을 넘치도록 받는 그녀는 할머니가 좋아서 빵이랑 계란, 과일을 등 간식거리를 사다 드리곤 했다.

인자하신 할머니 부디 건강하시고 오래오래 사세요.

Ⅲ. 치유의 시간

이탈리아 성지순례

2015년 3월 15일 11시 인천공항에 집결, 신부님을 비롯한 성지순례단 25명이 한자리에 모여 서로 인사를 나누었다. 그곳에서 처음 만난 과천 세실리아, 원주 막달레나, 서울 젬마(윤이), 평택에 루시아와 안나 등이 친구가 되어 같이 다녔다.

설레는 마음으로 떠난 3월의 이탈리아는 지중해 연안이어서 날씨가 그리 춥지 않을 거라고 예상했다. 윤이는 가이드가 나눠준 프린트에 반바지, 반팔, 슬리퍼를 가져오라고 한 것을 참고로 옷을 얇게 챙겨갔다. 순례를 떠난 사람들 대부분이 같은 생각으로 옷을 챙겨가는 바람에, 서울에서 입고 간 간절기 옷을 돌아올 때까지 13일이나 입고 다녀야 했다.

일행들은 저녁 7시에 도착한 로마 성 베드로 대성당의 웅장함에 놀라움을 금치 못했다. 이튿날 버스로 이동하면서 자기 소개하는 시간을 가졌는데, 윤이는 간략하게 자기 소개를 하고 여행 중에 도움이 될 스트레칭을 알려주었다. 제일 먼저 턱을 밑에서 위로 원을 그리며 올려 목을 시원하게 마디마디 풀어주는 운동과 S자로 머리에서 몸통까지 부드럽게 돌리는 운동으로 좁은 공간에서도 여독을 풀어주는 운동이었다.

그다음에는 민간요법이었다.

"여러분! 노자의 3쾌설에 쾌면, 쾌식, 쾌변이 있지요? 그중에서 혹시 쾌변이 안 되는 분은 저를 찾아오세요. 그 비법을 알려드리겠습니다."

그날 밤 호텔에 돌아가서 룸메이트 막달레나 씨하고 여장을 푸는데 신부님을 모시고 다니는 요셉 형제가 찾아왔다. 다름이 아닌 신부님 어머님이 연세가 많아 이번 여행에 힘이 드셨는지 침대에 누워 꼼짝도 하지 않고 내일부터는 호텔에만 있겠다 하신다며 그 방으로 안내했다.

윤이가 누워계시는 할머니께 다가가서 "할머니, 여기 아프시지요?"라고 하며 무릎에 아픈 자리를 찾아 잘게 잘라서 가져간 파스를 붙여드렸다. 또 발바닥에 용천혈을 찾아 파스를 붙이며 여기가 힘이 솟는 곳이라고 알려드리니 할머니께서 심적으로 위안이 되었는지 편안해하셨다. 그리고 식사가 맞지 않아 변을 볼 때 힘드실 거라고 가져간 소금물을 바늘을 뺀 주사기에 넣어 드리며 화장실에서 관장을 하시라고 했다. 관장 후 변기에 앉아 조금 참았다 변을 보시면 시원하게 해결할 수 있다고 알려드렸다.

그 이후 할머니는 아침마다 주사기에 맹물을 넣어 관장을 하니 쉽게 해결되었다며 13일의 여행을 무리 없이 잘 따라다니셨다.

가이드가 신학 공부를 하는 사람이어서 가는 곳마다 설명을 쉽고 재밌게 했다. 그 신비로운 이야기에 사람들은 점점 빠져들었다.

신앙의 신비와 여행의 즐거움에 들뜬 며칠이 지났는데, 버스 안에 어디선가 좋지 않은 냄새가 풍겨 나오기 시작했다. 윤이가 주위를 둘러보며 자수하라고 하니까 젊은 여성이 요즘 변을 못 봐서 고생하고 있다고 실토를 했다. 저녁에 숙소로 돌아가서 관장하라고 1회용 플라스틱 주사기에 소금물을 넣어주며 사용 후 버리라고 했는데, 그 아줌마가 주사기를 쓰고 깨끗이 씻어 왔다며 소중하게 싸서 돌려주었다.

여행지의 음식 때문인지 의외로 변을 보는 데 고생하는 사람들이 많아서 윤이는 버스에서 내리면 장을 편안하게 하는 운동을 중간 중간 가르쳐 주었다.

로마 베드로 대성당, 바티칸 박물관, 시스티나 성당, 미켈란젤로의 천지창조, 두오모, 베니스의 산마르코 대성당, 피렌체 시에나, 아씨시, 오르비에또, 나폴리 인근의 폼페이를 돌아보았다. 가는 곳마다 아름다운 건축물이 예술이었고 그 웅장함에 압도되었다. 성당 내부에는 색채가 아름다운 벽화와 하얀 대리석에 새겨진 성화 등이 있어 모든 것이 신비롭고 너무 아름다워 감탄하면서 다녔다.

성지 순례 기간 동안 음산한 날씨에 비가 추적추적 내리는 날이 많아 생각보다 추웠다. 모두 웅크리고 다녔는데, 여행 중에 감기에 걸린 사람이 생겨 숙소로 찾아왔다. 윤이가 준비해간 인삼 가루를 한 스푼 떠서 환자에게 먹이며 열이 있을 땐 인삼을 먹으면 안 되고 초기에 먹으면 바로 낫는다고 말해주었다. 다행히도 그 사람이 감기가 금방 나아 아침에 가뿐하게 나왔다고 했다. 그렇게 해서 사람들은 새로운 방법을 하나 배웠다며 고마워했다.

어느 날은 버스에 오르니 높은 구두를 신고 다니는 세실리아 씨가 발목을 삐끗해 걷지도 못한다며 긴급 요청을 했다. 가서 보니 인대가 늘어난 것 같아 발을 잡아당겨 어긋난 뼈를 바로 잡아주고 발목에 손톱만큼 잘라간 파스를 돌아가며 붙여주었다. 세실리아 씨가 일어나서 걸어보더니 안 아프다며 신기해했다. 또, 오줌소태가 난 사람에게는 생오이를 구해서 먹이고 손바닥에 침을 놔주니 그 증상이 없어졌다.

집에서 남편이 돌팔이라고 놀렸는데 여기서는 꼭 필요한 사람으로 아주 중요한 역할을 하고 있었다. 사람들은 그때부터 버스에 오르면 합창으로 "오나라 오나라 아주 오나" 하며 대장금 노래를 불러 주었고 박수로 맞아 주었다. 윤이가 화답으로 그들에게 어깨를 으쓱으쓱해 보이니 그 바람에 또 한바탕 웃음이 터졌다.

남부 수도원에 갔다. 아름다운 대리석으로 잘 정돈된 수도원에 연세 드신 수사님들이 근엄한 표정으로 들어오고, 그 뒤를 따라 젊은 수사님들이 성스럽고 정갈한 모습으로 들어왔다. 그런데 젊은 수사님들이 할리우드 배우보다 더 잘생겨서 윤이 일행은 기도는 않고 수사님들 얼굴만 쳐다보고 있었다.

그때 윤이가 짓궂게 속삭였다.

"나 웬만하면 여기서 살 테니까 한국에 돌아가면 우리 남편한테 잘 있다고 전해줘요."

일행들이 순간 웃음이 빵 터져 그 웃음을 참으려고 서로 꼬집어 가며 킥킥거렸다.

일정이 빠르게 지나가고 한국으로 돌아갈 날짜가 점점 다가오자 누군가가 뒤에서 큰 소리로 말했다.

"신부님! 우리가 여기서 매일 미사 드리고, 성체 모시고 좋은 말씀만 듣다가 어떻게 속세로 돌아갑니까? 우리 그냥 이대로 천국에서 삽시다."

이렇게 넉살을 떠니 덩달아 여기저기서 같은 말들을 했다. 그렇게 날마다 웃고 장난치며 다니던 순례객들은 13일의 신앙생활을 통해 믿음이 쑥쑥 자랐다.

한국에 돌아오기 하루 전날, 가이드가 마지막 코스로 어느 중앙 광장에 내려주었다. 윤이 일행은 선물을 사려고 골목골목을 돌아다니며 구경했다. 화려한 불빛에 고급스럽게 진열된 물건들을 보며 이걸 살까? 저걸 살까? 고민하다 돌아서면서도 즐거웠다. 윤이는 아이들에게 줄 묵주와 은으로 코팅된 성모상을 샀고, 일행들도 성물과 가족들에게 줄 목걸이, 시계, 스웨터 등을 샀다.

시간에 맞춰 윤이 일행이 버스에 올라갔는데, 연세도 많고 풍채가 좋은 할머니 한 분이 아직 오지 않았다고 걱정을 했다. 한참을 기다려도 할머니가 안 와서 모두 찾아 나섰다. 할머니가 혼자 얼마나 헤매고 다니실까 걱정을 하며 광장을 찾아다녔지만, 어디에도 할머니가 보이지 않아 애를 태우다 어느 골목에서 할머니를 만나 모셔왔다고 했다.

버스에서 기다리던 사람들이 할머니에게 달려가 부축하고 놀란 가슴을 진정시켜 드리려고 팔다리를 주물렀다.

"할머니 얼마나 놀라셨어요?"

"많이 힘드셨지요?"

"저희가 할머니 걱정 많이 하고 있었어요."

사람들이 몰려가서 할머니 손을 잡아 드리니 할머니는 오히려 "아냐, 아무렇지도 않아. 난 괜찮아요."라며 당당한 표정으로 대해 모두 다행이라며 안심했다.

그런데 다음날 서울로 돌아가는 비행기를 타려고 공항에 도착했는데 갑자기 할머니가 가슴이 두근거려 도저히 비행기를 못 타겠다며 식은땀을 흘리셨다. 그래서 윤이가 나섰다.

"할머니 괜찮아요. 제가 도와드릴게요."

윤이는 침착하게 할머니의 가슴과 중완에 잘게 잘라간 파스를 여러 개 붙이고 목 뒤와 손바닥 발바닥 등 혈 자리를 따라가며 파스를 붙여드렸다. 그제야 할머니는 많이 편안해졌다며 비행기 안에서 잠이 들어 한국에 도착할 때까지 푹 주무셨다.

편안한 잠에서 깨어난 할머니가 "나 젬마 씨 아니었으면 한국에 못 돌아올 뻔했어요. 정말 고마워요. 내가 젬마 씨 잊지 않고 평생 기도할게요."라며 윤이 손을 꼭 잡아주었다.

현주 엄마 재결합

윤이네가 이사 간다고 하니 그동안 정들었던 아래윗집에서 모두들 말렸다.

"서울에서 여기만큼 공기 좋은 데가 어디 또 있는 줄 아세요? 그냥 여기서 살아요."

"아이들이 크니까 집이 좁아서 그래요."

"그럼 식탁을 이쪽으로 당겨놓고, 냉장고는 저기 벽 쪽으로 붙여놓으세요. 그리고 우리 집에 짐 정리하기 좋은 앵글이 하나 있는데 그거 줄 테니 베란다에 안 쓰는 물건 다 갖다 놓으세요."

"이 집이 준이네 하고 연때가 딱 맞아요. 여기 떠나면 안 돼요. 여기가 사람 살기 제일 좋은 곳이에요."

윗집 지영이 엄마랑 아랫집에 수민이 엄마가 말리니 윤이네 집에 세 들어 사는 혜정이 엄마도 거들었다.

"우리 시어머님이 아줌마 이사 가면 어디를 가든 따라가서 살라고 하셨어요. 그전에 살던 집에서 하도 혹독한 시집살이를 시켜 우리 시어머님이 다 몸서리를 쳤어요. 글쎄 전기세 수도세를 우리한테 다 떠넘기고 밤에는 쪽문도 맘대로 못쓰게 했다니까요. 근데 일루 이사 와선 아줌마가 저랑 전기세 수도세도 같이 계산하고 얼마나 잘해주는지 불편한 게 하나도 없다니까 시어머님이 이젠 됐다며 좋아하셨어요."

윤이는 특별히 잘해 준 것도 없는데 혜정이 엄마가 그렇게 말 해 줘서 고마웠다.

그들은 윤이가 낡은 청바지에 헐렁한 티셔츠를 입고 있어도 감 각 있다고 말해주고 좋은 친구라며 찾아주는 살가운 이웃이었다.

그 바람에 집이 좁아도 윤이네는 그곳에서 2년을 더 살았다.

그 후 정들었던 이웃과 헤어져 새집으로 이사를 한 지도 그럭저 럭 10개월이 넘었을 즈음이었다.

저녁 준비를 하고 있는데 낯익은 목소리가 들렸다. 현주 엄마였 다. 그녀는 전에 살던 집에서 담 하나를 사이에 두고 왕래하던 이웃 인데 윤이를 찾으려고 그동안 수소문한 끝에 겨우 찾아왔다고 했다. 얼마 만인지 반가워서 두 사람은 손을 맞잡고 무척 기뻐했다. 거실 에 마주 앉아 다과를 먹으며 윤이가 현주 엄마의 근황을 물었다.

지난날 현주 엄마는 부부간의 성격 차이로 결혼생활이 힘들다고 하소연을 많이 했었다. 그러던 어느 날 현주 아빠가 여자 문제를 일 으켜 이혼해서 아이들을 친정에 맡겨놓고 직장에 다닌다고 했다. 현 주 엄마는 친정이 가난해 어렵게 사는데 아이들하고 얹혀살다 보니 앞으로 살아갈 길이 막연해 고민하다 의논이라도 해보려고 찾아왔다고 했다.

지난날 현주 엄마가 남편 때문에 힘들어하는 것을 보고, 윤이가 나서서 부부의 소통을 도와 소원했던 그들의 관계가 좋아진 적이 있었다. 현주 아빠는 민간 기업을 다니다 그만두고 집에서 공무원 시험을 준비하고 있어서 더 힘든 부분이 많았던 것 같았다. 그 후로도 두 사람의 관계가 원만하지 않아 현주 엄마가 계속 힘들어했는데, 윤이는 그래도 남편에게 잘해주라고 했었다.

현주 엄마도 사람이 선해서 남편이 밉다고 말만 했지, 늘 신경 써서 밥상을 차렸고 자기가 행여 집을 비우는 일이 있어도 남편 혼자 식사하는 데 불편이 없도록 세심하게 배려하는 사람이었다. 그런데 문제는 엉뚱한 곳에서 생겼다. 생계를 위해 방 하나를 비워 하숙을 쳤는데, 그녀의 남편이 하숙생인 여대생에게 만나자고 추파를 던지고 편지까지 보냈다는 사실을 알게 되었다. 그 충격으로 분란이 일어나 둘의 관계는 점점 더 악화되었고 그러다 결국 이혼까지 하게 됐다.

그동안 현주 엄마는 남편이 돈을 벌지 못하니 경제적인 문제를 해결하기 위해 낮에 보따리 장사를 하러 다녔다. 그러던 어느 날, 하숙하는 여대생이 아저씨가 자꾸 만나자고 한다며 일러서 보니 이런 지경이었다. 그동안 아내를 무시하고 고통만 주던 남편이 이 상황에 오히려 더 큰소리를 치며 이혼하자고 하는 바람에 아이들을 남편 형제들에게 맡기고 갈라섰는데, 갑자기 멀쩡한 아이들이 똥오줌도 못 가리는 이상한 행동을 보였다.

그 바람에 할 수 없이 현주 엄마가 아이들을 데려갔지만 경제적으로 어려운 살림은 점점 더 꼴이 말이 아닌 지경이 되었다. 그 와중에 현주 아빠는 공무원 시험에 합격해 지방에서 혼자 살고 있다는 소식이었다.

윤이는 현주 엄마의 사정 이야기를 다 듣고 나서, 아이들을 데리고 무조건 남편을 찾아가라고 했다. 그러다 남편이 잡으면 못 이기는 척하고 아이들을 봐서라도 그냥 살라는 당부를 했다.

그렇게 해서 힘겨운 살림을 꾸려가던 현주 엄마가 아이들을 데리고 남편을 찾아갔다. 그동안 현주 아빠도 가족에 대한 그리움과 회한으로 많이 힘들었는지 현주 엄마가 아이들을 데리고 찾아가니 행여 놓칠세라 먼 곳에 있는 형제들에게 연락을 해 다들 모이라고 했다. 형제간들은 그 즉시 서둘러 압력솥이며 주방 도구, 이불, 홈드레스 등을 사가지고 그 밤에 달려와 이 부부의 재결합을 도왔다고 현주 엄마가 전화로 들려주었다.

그동안 마음고생도 많았던 현주 엄마는 윤이가 어느 점쟁이보다 낫다며 그 고마움을 말로 다 표현할 수 없다고 했다. 짐을 꾸려 가는 길에 들리겠다는 것을 말렸다.

"현주 엄마 너무 잘됐다. 정말 잘됐다! 그리고 정신없을 텐데 여기 신경 쓰지 말고 가서 잘 살아야 돼. 그게 부모님에게 진심으로 효도하는 거야."

이 말을 당부하는 윤이도 현주 엄마도 울컥해서 잠시 말을 잊지 못했다. 지난번에 현주 엄마가 왔을 때 있는 거 없는 거 다 챙겨 한 보따리 꾸려주니 현주 엄마가 친정에 다녀가는 것 같다며 울먹여서 마음 아팠던 윤이는 이제 한시름 놓았다며 그들의 행복을 빌어주었다.

이런 이야기를 다 듣고 있던 윤이 남편은 당신이 약방의 감초냐며 핀잔을 주었다. 그랬던 남편이 직장에서 이혼의 위기에 처한 직원에게 "우리 집사람을 꼭 한번 만나봐라." 했다며 윤이한테 그 직원을 만나 중재해달라는 부탁을 했다.

성당 돌계단을 오르던 귀여운 아기

어느 추운 겨울날 저녁에 혼자 동작동 성당 계단을 오르고 있었다. 미사 시간에 늦지 않으려고 부지런히 가고 있는데, 몇 걸음 앞에서 여자아기가 엄마 손에 이끌려 서툰 걸음을 채 옮기지도 못하며 딸려가고 있었다. 엄마가 바쁜 것을 아는지 허둥지둥 딸려가는 아기가 너무 귀여웠다. 계단을 중간쯤 올라갔을 때, 아기가 계단에 발이 끌리면서 한쪽 신발이 벗겨졌는데 엄마한테 이끌려 가느라 어린 아기는 그 채로 벌써 두 계단을 오르고 있었다. 뒤따라가던 윤이가 얼른 신발을 주워 아기 발밑에 대주었다.

"아기야, 신발 신고 가야지."

그제야 아기엄마가 걸음을 멈추고 뒤를 돌아보았다. 어린 아기가 신발을 신고 나서 윤이를 돌아보며 말했다.

"고마워."

어쩜 이렇게 앙증스러운지 그 한마디에 윤이랑 아기엄마가 동시에 웃음이 빵 터졌다.

"아유, 귀여워."

"호호호. 고맙습니다 해야지."

"하하하."

아기가 생글거리며 엄마를 따라했다.

"고맙습니다."

삶의 빛깔이 고운 윤이의 일상은 감사와 평화가 깃들어 늘 행복해하던 날들이었다.

적어도 이런 풍파를 겪기 전까지는….

그렇게 기다리던 피정

아름다운 제주에서 3일 간의 부부 피정을 하려고 김포공항에 사람들이 집결했다. 그곳에 모인 낯선 부부들과 인사를 나누고 설레는 여행길에 올랐다. 첫째 날은 관광과 이시돌 목장에서 미사를 드렸고 둘째 날은 신부님들의 좋은 말씀을 듣는 시간이었다.

참으로 감동적인 실화였다. 일본에서 집수리를 위해 벽을 허물었는데 3년 전 집을 지을 때 꼬리에 못이 박혀 도망을 못가고 어두운 벽 안에 갇혀있던 도마뱀에게 다른 도마뱀이 먹이를 물어다 준 이야기였다.

고통과 절망에 빠져 꼼짝도 못 하고 죽을 수밖에 없는 도마뱀에게 친구 도마뱀의 헌신적인 도움이 이뤄낸 기적은 모두에게 큰 감동을 주었다.

그리고 IMF 때 어느 가장이 바람나서 여자랑 도망갔다가 중풍과 치매에 걸려서 돌아온 이야기로 가정이 바로 서야 한다는 메시지를 주셨다.

사흘째 날, 천혜의 자연경관과 어우러진 아름다운 제주에서 거

대한 분화구 산굼부리를 찾았다. 태곳적 신비가 그대로 살아 숨 쉬는 듯 푸르고 아름다운 자연에 마음을 빼앗겨 한참을 들여다보았다.

남편과 말도 타보고 우도와 성산포를 바라보며 한 바퀴 도는 유람선을 탔다. 비릿한 바닷바람과 일렁이는 파도가 모처럼 폐부까지 상쾌하게 씻어내는 느낌이었다.

뱃머리에서 DJ가 유머와 재치 있는 끼로 사람들의 마음을 들었다 놨다 하며 우도와 성산에 관한 이야기를 들려주었다. 흘러나오는 타이타닉 주제곡도 그 분위기를 한껏 돋우었다.

이곳에 오기도 전에 윤이는 못 견딜 만큼의 심한 우울증과 히스테리로 헤어질지도 모르는 원망과 미움으로 가득했는데 그 고통 속에서 한 가닥 희망으로 기다려온 피정이었다.

3일간의 행사 일정을 마치고 서울로 돌아오면서 윤이는 많은 어둠을 걷어냈다는 생각이 들었다. 피곤해하던 남편이 묵주기도 일단을 같이 하자며 윤이를 끌어안고 기도해주었다.

윤이는 꿈인지 생신지 어렴풋이 환상을 보았다. 기도하면서 남편과 산을 오르는데 구름이 안개처럼 피어나는 그곳에 무언가 희망이 느껴졌다. 두 사람이 손을 잡고 있었고 아무 두려움 없이 소중한 마음으로 그 높은 산을 향해 가고 있었다.

"그래 지나간 모든 것은 용서하고 지워버리자."

지난날처럼 환하게 웃는 모습을 되찾아 건강하게 살고 싶은 마음이 간절했다.

그렇게도 힘들어하던 윤이를 붙들고 상우는 지난날을 후회하며 참 많이도 울었다. 아내가 온갖 짜증을 부려도 말없이 받아주고 주님 앞에 아내를 데리고 가서 기도하며 괴로움을 삭여냈다.

"내가 더 잘할게. 우리 윤이는 무엇과도 바꿀 수 없는 귀한 사람이야! 절대로 울지 마."

남편의 반복된 그 말은 닫혀있던 아내의 마음과 아픔을 달래주었고 차츰 회복시켜 주었다.

흔들리는 버스 안에서 윤이가 울먹이며 남편에게 말했다.

"지금까지 나는 모든 것을 혼자 짊어지고 왔다고 생각했어요. 그런데 문득 뒤돌아보니 그렇게 미워했던 남편이 아이들에게 버팀목이 되어 의지가 돼주고 있었어요. 그동안 아이들이 좋은 직장을 다니고 행복한 가정도 이루고 예쁜 손주들이 태어나 총명하고 귀엽게 자라는 것을 보며 이 모두가 남편이 지켜준 덕분이라고 생각했어요. 정말 고마워요. 그동안 나 때문에 많이 힘들었죠?"

"아니야, 나 때문에 우리 윤이가 힘들었던 거 생각하면 아무것도 아니야. 고마워 정말 고마워."

그동안 가슴으로 울며 아파했던 부부가 서로 얼싸안고 펑펑 울었다.

성서의 오솔길에서

"미국 캘리포니아에 거목 붉은 삼나무는 뿌리가 약해서, 뒤엉킨 뿌리로 서로를 지지해 폭풍이 불어도 쓰러지지 않고 굳건히 견뎌낸다고 한다. 가족도 이처럼 서로를 지탱해주고 힘을 주기 위해 함께 정서적으로 엉켜 있어야 한다."

어느 날 불어 닥친 모진 비바람이 애틋하게 피워 올린 꽃잎을 허무하게 쓸어버렸다. 그것은 참고 기다리며 윤이가 힘겹게 걸어온 길이었고, 어둠 속에서도 꺼지지 않는 등불 같은 희망이었다.

앞만 보고 쉼 없이 달려온 날들이 다 부질없는 허상이었다. 긴 하루가 아무 의미도 없는 현실을 도피하고 싶었던 그녀가 소설을 쓰기 시작했다.

별빛이 흐르는 차가운 밤공기에 가슴 시린 그날의 기억이 흩어졌다. '호세 펠리치아노의 레인'을 들으며 생각에 잠겼다.

수채화처럼 아름답고 순수했던 사랑을… 그와 함께 근무하며 아무 거리낌 없이 장난하고 유쾌한 반란으로 웃음을 터트리곤 했던 즐거운 기억들이 떠올랐다.

그가 사온 갓 구워진 촉촉하고 부드러운 빵을 직원들이 둘러앉아 먹으며 이야기를 하고 있을 때, 윤이가 바닐라 슈크림 볼을 입안에 넣고 달콤함에 행복해 하며 무심히 말했다.

"나는 빵 껍데기 싫어해요."

그 말을 들은 그가 언제 빵 껍데기를 다 벗겨냈는지 안의 부드럽고 달콤한 빵만 발라내 윤이에게 주었다. 그 순간 윤이는 당황스러워 얼굴이 빨개졌는데 행여 속마음을 들킬세라 내색도 못하고 먹었다. 그는 윤이가 먹는 것만 봐도 행복해 했다.

이 이야기를 들은 80세 이모님이 한마디 했다.

"아니, 그렇게 빵을 껍데기까지 벗겨주는 걸 먹었으면 그 사람하고 결혼했어야지."

숨 막히게 아름다웠던 그 시절의 이야기와 그를 생각하면 지금도 입가에 미소가 번졌다. 다시는 못 올 그 추억속의 이야기를 책으로 쓰면서 윤이는 현실을 잊을 수 있었고 상처도 치유되었다.

그동안 남편이 묵묵히 그녀의 곁을 지켜주었고 아이들의 버팀목이 되어 아이들이 직장과 가정을 갖고 손주들도 예쁘게 자라고 있었다. 소설에서 현실로 돌아온 그녀가 비로서 남편을 용서하고 고마움에 눈물로 화해가 이루어지는 이야기로 어찌 보면 그녀는 복이 많았고 또 가슴 아팠던 장편소설이 끝을 맺었다.

하얀 목련

채종옥 지음

발행처   도서출판 청어
발행인   이영철
영업   이동호
홍보   천성래
기획   남기환
편집   방세화
디자인   이수빈 ǀ 김영은
제작이사 공병한
인쇄   두리터

등록   1999년 5월 3일
         (제321-3210000251001999000063호)

1판 1쇄 발행 2023년 5월 10일

주소   서울특별시 서초구 남부순환로 364길 8-15 동일빌딩 2층
대표전화 02-586-0477
팩시밀리 0303-0942-0478
홈페이지 www.chungeobook.com
E-mail   ppi20@hanmail.net

ISBN   979-11-6855-146-6(03810)

이 책의 저작권은 저자와 도서출판 청어에 있습니다.
무단 전재 및 복제를 금합니다.